Luana Gloria Paladino

Mio fratello è un uomo che scrive
e altri racconti

© 2023 Luana Gloria Paladino

Tutti i diritti riservati

Jack Edizioni è un marchio della

Associazione culturale Cura il mondo ETS

ISBN: 9798861882767

Prima edizione: settembre 2023

Copertina di Dario Raguzzino

Illustrazione di copertina di Francesca Tornabene

Alla mia bisnonna Fortunata.
Donna esplosiva come l'Etna
e duci come u zucchuru.

Nota dell'autrice

*Questo che faccio io è il più bel lavoro del mondo; gente vera mi
paga con soldi veri perché io faccia capriole nella mia fantasia.*
Stephen King

Ho fatto capriole, giocato a nascondino, portato a volare gli aquiloni e perfino partecipato a lunghe partite a scacchi, con i personaggi creati dalla mia fantasia. Che sono tutti diversi fra loro, ma che hanno in comune la voglia di raccontare una storia a tutti i costi. Mi hanno dato il tormento con la stessa insistenza e tenacia di certe figure pirallendiane – e uno di questi in particolar modo è stato Salvatore, che con la sua prepotenza ha fatto di tutto per dire la propria e prendere vita.

Non per niente è diventato il protagonista del racconto *Mio fratello è un uomo che scrive*, da cui prende il nome l'intera raccolta e che ha il compito di fare gli onori di casa, accompagnando chi legge dentro il mio mondo. Uno mondo di penne e di fogli bianchi, che riempio poi con le parole per offrire una prospettiva insolita e nuova su ciò che ci circonda, e attraverso la quale mi sforzo di veicolare un messaggio positivo, essendo convinta con grande forza e convinzione del fatto che il bicchiere possa apparirci sempre mezzo pieno.

E, se ho voluto che la vera protagonista fosse la forma del racconto, è perché mi piace l'idea che si possa trovare il tempo di leggere durante una pausa pranzo o sorseggiando un caffè, oppure ancora – come faccio io – la mattina presto, prima che abbia inizio la nostra caotica routine, ritagliandoci così un momento solo per noi, o come mi piace chiamarlo un "momento di sano egoismo".

A questo compito il racconto si presta in modo perfetto: non lascia una storia in sospeso troppo a lungo e ci permette di arrivare fino in fondo anche quando non abbiamo tanto tempo a disposizione, restituendocela immediatamente nella sua integrità come farebbe un cioccolatino che, in pochi attimi, sa appagare la nostra voglia di dolce.

Ciascuno dei racconti contenuti in questa raccolta è nato in maniera curiosa, prendendo spunto dal verso di una canzone sentita alla radio, da una notizia di cronaca nera o da un mero pettegolezzo. Molte volte, infatti, è bastata un'immagine fugace a stuzzicare la mia fantasia, quasi si trattasse di istantanee catturate al volo che mi incoraggiavano a inventare subito dopo realtà, vite, eventi, dialoghi.

Solo con il tempo ho avuto l'occasione di imparare che la scrittura – come ogni altra forma d'arte – consiste proprio nell'elaborazione più o meno consapevole degli stimoli che siamo in grado di recepire dal mondo esterno, e che mi diverto a pensare come semi capaci di germogliare dentro di noi, dando vita a un processo creativo nel corso del quale la nostra missione è annaffiare, accudire e fortificare le nostre piantine.

Al termine di questo viaggio fra i giardini della natura umana, ho poi deciso di affidare a *Pupu di lignu* i miei saluti, con l'augurio che si tratti comunque di un arrivederci. In questo caso siamo davanti a una fiaba a tutti gli effetti, l'unica che troverete all'interno del volume e che ho rubato ai miei ricordi d'infanzia. A narrarmela prendendo spunto dalla celebre *Pelle d'asino* di Charles Perrault era infatti la mia bisnonna, in grado di trasformarla un elemento alla volta, fino ad arrivare alla versione ultima che ho qui riportato per voi.

È stata nonna Fortunata a trasmettermi il desiderio di dare voce alla mia fantasia, permettendo che fra le sue numerose lezioni di vita si radicasse in me, in modo indelebile, quella di non arrendermi di fronte alle difficoltà. Lei, che ha attraversato due secoli vivendo tra la fine dell'Ottocento e fino a quasi tutto il Novecento, ha reagito vivace a qualunque cambiamento, cercando soluzioni sempre nuove con pazienza e ottimismo, e diventando per me un esempio da seguire. Ed è grazie a lei che ho capito a mia volta quanto sia importante perseguire i propri sogni, ed è per merito degli insegnamenti che lei mi ha trasmesso che oggi posso parlare ai lettori.

Avere l'opportunità di scrivere un libro è un grande regalo che ci viene concesso, ma è anche una grande responsabilità, perché d'un tratto si ha la possibilità di accedere a un posto unico, nel quale si incontrano due perfetti sconosciuti: chi scrive e chi legge, pronti a vivere insieme delle emozioni nuove mentre assistono al dipanarsi di una storia.

Consapevole di ciò, mi sento davvero fortunata all'idea di incontrare finalmente "i miei sconosciuti lettori" nel nostro posto segreto, e al tempo stesso ho sentito il dovere morale di prepararmi al meglio per questo momento. Ecco perché, come farebbe un bravo genitore, ho coccolato e amato i miei racconti dando loro infinite attenzioni, fino a quando non ho avuto la certezza che fossero pronti per essere letti.

Ed è così, con fiducia, che adesso lì affido a voi, con la speranza che possano regalarvi le stesse emozioni che hanno suscitato in me quando li ho scritti.

Mio fratello è un uomo che scrive

La luce batteva prepotente sulle persiane chiuse. Gabriele, come tutte le mattine, aprì gli occhi cinque minuti prima della sveglia (non si spiegava perché continuasse a puntarla, se tanto non gli serviva).

Si alzò e andò a prepararsi un caffè con la moka, come lo facevano suo padre e suo nonno prima di lui. Il caffè in casa Spampinato era un affare da uomini, e prepararlo era un'attesa deliziosa. Si trattava, fra l'altro, dell'unico momento di lenta pigrizia che Gabriele si concedeva prima di correre per tutto il giorno: poco dopo andava in fabbrica, nella zona industriale fuori città in cui lavorava come operaio da cinque anni. Prima si era arrangiato in campagna, da bravo ragazzo del Sud, e aveva seguito le orme del padre quando lui gli aveva lasciato il piccolo appezzamento di terreno con cui aveva tirato su due figli, facendo il venditore ambulante di frutta e verdura.

Poi, Gabriele aveva cambiato vita. Non voleva fare l'operaio per sempre, però. Appena avesse raccolto abbastanza soldi, aveva già deciso di intraprendere l'attività di ristoratore insieme all'amico Michele: avrebbero aperto una pizzeria, e una bella margherita fumante con mozzarella di bufala avrebbe cacciato via tutti i suoi pensieri.

Gabriele non amava gli imprevisti: lo destabilizzavano, lo confondevano, lo trascinavano fuori dalla sua zona di comfort. Così, prima di andare al lavoro comprò anche quel giorno il quotidiano nell'edicola di fronte a casa. Lo avrebbe letto durante la pausa pranzo, ma mentre raggiungeva l'auto con il giornale in mano diede una sbirciata ai titoli in prima pagina.

"Ucciso in Sicilia braccio destro del boss Cantone".

Sgranò gli occhi e divorò le parole seguenti, con le pupille che si spostavano freneticamente da sinistra a destra. Registrò solo poche informazioni: regolamento di conti, due colpi d'arma da fuoco con una trentotto. La testa gli girò, di colpo gli si annebbiò la vista. Allungò una mano per trovare sostegno sul fianco dell'auto e sentì una voce preoccupata mormorare: «Salvatore non è tornato a cena, ieri sera».

Lo aveva detto sua madre a suo padre questo, una dozzina d'anni prima. Era ancora il periodo in cui, seppure in modo altalenante, fra un processo e l'altro, a suo fratello capitava di tornare a casa dei suoi (già a vent'anni aveva trascorso più tempo in carcere che fuori).

Era un ragazzo simpatico, Salvatore. Più bello e più alto di lui. Niente di strano che avesse sempre avuto una marcia in più anche con le ragazze, e che poi Gabriele cercasse di consolarle quasi d'accordo con il fratello, per provare a conquistarsi la fiducia di chi Salvatore aveva già dimenticato.

Successe poi che, da un momento all'altro, smise di rientrare la sera. Sua madre lo aspettava ancora per cena, diceva: «Calo un po' di pasta in più per Turi, così quando torna, se vuole mangiare, la trova pronta».

Ormai, comunque, non ci credeva più neanche lei. Salvatore chiamava solo due volte al mese e, da quando suo padre era morto, passava di tanto in tanto per portare dei soldi a sua madre: le baciava la fronte e scappava via come un ladro.

Gabriele aveva la bocca asciutta. La foto di suo fratello sorridente, con in mano una sigaretta, lo fissava dalla prima pagina del giornale. Rabbrividì, sbatté le palpebre si girò pur di distogliere lo sguardo dalla notizia. Fu allora che lo vide in sella alla sua vespa bianca, un cinquantino con il motore truccato e di dubbia provenienza.

Gli fece un cenno con la testa e aggiunse: «Monta, Gabriele. Ci facciamo un giro e quattro chiacchiere».

Annuì e saltò su. Salvo mise in moto e non si fermò finché non arrivò in un piazzale vicino all'aeroporto. Gabriele scese dalla vespa, mentre l'altro rimaneva in sella con il motore spento.

Si guardò intorno in silenzio, poi fissò gli occhi su Salvatore e sbottò: «Non potevi lavorare come fanno le persone oneste? Studiare, magari laurearti? No! Volevi il potere, volevi comandare, volevi sentirti Dio. I soldi facili, quelli ti interessavano! La pasta con le melanzane fritte la domenica non era abbastanza, per te: i pranzi li volevi fare con la *famigghia*... Sappi che quella famiglia ne ha ammazzati, di ragazzi. Ne ha rovinata, di brava gente. Come pensi che dovrei dirlo a mamma? "Ciao mamma, cosa c'è per cena? Ah, quasi dimenticavo: Salvo è morto, gli hanno sparato"».

Smise di parlare perché aveva cominciato a piangere. Si portò una mano alla testa, mentre l'altra rimaneva lungo il corpo, con il palmo serrato.

Salvatore non riusciva a guardarlo. Indicò un punto di fronte a sé e disse: «Mi hanno sparato lì, a tradimento. Stavo pisciando. Poi mi hanno caricato nel cofano e mi hanno buttato dove mi ha trovato la polizia, davanti casa». Fece una pausa, dopodiché aggiunse in tono asciutto: «Mi dispiace Gabriele, bacia la mamma». Accese la vespa buttò la sigaretta e sparì. Gabriele cadde per terra e perse i sensi.

La mattina dopo si svegliò prima del solito, che era a stento l'alba. Decise di uscire di casa presto prima che il mondo cominciasse a muoversi. In modo meccanico si vestì, infilò il giubbotto e si precipitò verso la macchina. Guidò senza meta lungo l'autostrada, come un fuggiasco. Non aveva nessun pensiero in testa, e la sentiva vuota ma allo stesso tempo pesante.

Una ventina di minuti dopo si rese conto di avere bisogno di un caffè, così aspettò di raggiungere un autogrill e mise la freccia a destra. Si fermò e prima di scendere frugò nelle tasche alla ricerca di qualche moneta per pagare la colazione. Con grande stupore, tirò fuori una chiave contrassegnata da un'etichetta marrone in plastica. Sulla finestrella trasparente c'era scritto "vespa di

Salvo". Non riusciva a spiegarsi come fosse arrivata lì, né chi avesse potuto metterla nel suo giubbotto.

«Non capisci?», disse una voce dal sedile posteriore.

Salvo si tolse gli occhiali da sole e dietro i suoi occhi chiari passò un rapido lampo. Gabriele si girò lentamente verso di lui, aveva la fronte sudata.

«Tu... tu ... sei... sei mor... mor...»

Suo fratello lo aiutò a completare la frase con un «-to» che suonò come un tuono.

Gabriele chiuse gli occhi e li riaprì dopo pochi secondi. Adesso nell'abitacolo era solo. Lanciò la chiave sul sedile del passeggero e guidò come un forsennato verso casa. Quando arrivò lasciò la macchina in strada e corse ad aprire il garage: in fondo, in un angolo, c'era la vespa di suo fratello. Era ferma lì come un rudere da anni, eppure c'era stato un tempo in cui era stata testimone di momenti gloriosi.

Quante ne avevano combinate su quella sella! Tante. Troppe, forse. Perfino il primo scippo di Salvo era stato organizzato sulla vespa. La polizia lo aveva rintracciato grazie alle telecamere ed era andato a prenderlo direttamente a casa, andata senza ritorno. Sua madre aveva pianto tutte le sue lacrime sotto gli occhi severi del marito, che aveva già capito di cosa sarebbe stato capace suo figlio, un giorno.

Il destino di Salvo gli sembrava scritto a chiare lettere, ma non riusciva ancora ad accettarlo. Come quella volta in cui lo vide prendere a calci una gallina in campagna fin quasi a ucciderla, e gliene aveva date di santa ragione. Gli aveva inflitto questa e altre punizioni, quando aveva visto venire fuori la sua vena malvagia, però niente era bastato a evitare che diventasse una giovane leva della malavita, con una scalata pronta verso il successo mafioso.

L'espressione di Gabriele, in garage, si fece dura. Si avvicinò alla vespa e mosse le labbra in una smorfia quasi di dolore. Cosa stava facendo? Cosa si aspettava che succedesse? Si disse che era tutta una follia e stava per fare dietrofront quando una voce alle sue spalle lo fece trasalire: «Gabriele, sono Antonio... Tuo cugino, mi riconosci? Passavo da queste parti e... Vieni qui, Gabriele, sei sotto shock. Siamo tutti sotto shock».

E lo abbracciò, trattenendo a stento le lacrime.

I giorni andarono avanti veloci. La polizia mise a soqquadro l'intera casa e il garage: controllarono tutto minuziosamente, documenti, conti in banca, acquisti con carta di credito... Accertarono l'estraneità della famiglia al giro mafioso di Salvo e per un po' le garantirono una certa protezione, però non accadde nulla.

Anzi, dopo dieci mesi la situazione tornò quasi a normalizzarsi, se si escludeva la madre di Salvo, che era sprofondata in un mondo di disperazione e piangeva e pregava tutto il giorno. Mangiava sempre meno e, già anziana com'era, sembrò invecchiare ancora più in fretta.

Gabriele era in apprensione per lei, ma quantomeno si tranquillizzò dopo i due episodi che aveva vissuto all'indomani della morte di Salvo. Si era convinto presto che fosse stato tutto frutto della sua fantasia, dato anche che quella fantomatica chiave della vespa durante la perquisizione non era stata ritrovata.

Un giorno di fine agosto, quando gli restavano ormai gli ultimi giorni di ferie, scese in garage con l'intento di fare un po' di ordine e di buttare certe cianfrusaglie inutili. Qualcosa lo distrasse dal suo intento, però: il bauletto della vespa di Turi era aperto. Possibile che nessuno se ne fosse accorto fino a quel momento? Si avvicinò e notò una busta con su scritto «Per Gabriele». La aprì e ci trovò dentro un foglio senza righe né quadretti, riempito con una grafia chiara che sembrava quella di Salvatore.

Dopotutto, suo fratello era sempre stato uno "scrittore", come lo apostrofava Gabriele per prendere in giro bonariamente le lunghe lettere che a volte scriveva alla famiglia. Così, lesse quanto segue:

"Caro fratello,

non sono fiero né di me né delle mie scelte. Ho barattato la dignità di uomo giusto con denaro e potere, ora lo capisco. Ho preferito che nostra madre, insieme a molte altre, piangesse suo figlio anziché imparare a sopportare la privazione.

Forse ti ricorderai, ho cominciato presto a premere il grilletto e a vedere scorrere il sangue. All'epoca volevo arrivare più in alto di quanto sarei forse riuscito a guadagnarmi con l'onestà. Cercavo una vita facile, una vita bella, e ho cercato di ottenerla in cambio della mia anima.

Quando ti sparano e senti il metallo freddo che ti entra nella carne, sai, non è vero che pensi a tua madre, all'amore della tua vita, o che chiedi perdono a Dio. No, sai cosa pensa chi muore per un colpo di pistola? Pensa che lo sapeva, che prima o poi gli avrebbero sparato.

Io, almeno, lo sapevo da subito. Più diventi importante, nell'*organizzazione*, e più capisci che il tuo momento si avvicina. Ti godi ogni cosa finché puoi, però cominci a pensare che forse non ne è valsa la pena: magari vivi quindici o vent'anni da imperatore, ma poi sul più bello devi lasciare il tuo regno.

Ebbene, Gabriele: non sarebbe stato meglio coltivare il nostro fazzoletto di terra, anche se dava pochi frutti?

Tuo,
Salvatore".

Lì per lì, Gabriele afferrò la penna che teneva sempre nella tasca dei pantaloni e d'istinto, sotto la firma, scribacchiò: "Lasciami in pace". Appallottolò il foglio e lo ficcò dentro il bauletto della vespa, dandogli pure un giro di chiave.

Da allora, tuttavia, non riuscì a darsi pace. Come poteva essere che Turi gli avesse scritto una lettera? Forse qualcuno gli aveva giocato un brutto scherzo, o voleva vendicarsi di lui, e si era introdotto in garage dopo essersi procurato un duplicato delle chiavi. E se, invece, fosse stato reale? C'era qualcosa che suo fratello voleva?

Per sicurezza, nei giorni seguenti, parcheggiò la macchina in strada. Fece poi cambiare la serratura, ma continuò ad avere la strana sensazione di essere spiato, e si guardava spesso alle spalle. Quando si decise a tornare in garage, non senza trattenere il fiato, notò che sul sellino della vespa di Salvo era poggiato un quaderno. Spinto dalla curiosità, con le mani sudate e tremanti, si avvicinò alla Special. Arrivò a pochi centimetri, poi si girò su sé stesso e mosse qualche passo verso l'uscita. Infine, si fermò e mormorò: «Perché proprio a me?»

Con il capo chino, come un condannato che va incontro alla sua pena, raggiunse la vespa, prese il quaderno e si avviò di gran carriera verso casa.

A cena mantenne un atteggiamento sereno, per non dare altri pensieri a sua madre. Dopo salì in camera e fece i conti con quel quaderno. Sfogliandolo vide che era riempito di un testo fitto fitto, che raccontava una storia ironica e divertente. Era un vero e proprio manoscritto, dedicato a un'avventura fatta di viaggi spazio-temporali e possibilità di cambiare sia il proprio destino sia il passato, con una storia d'amore commovente e piena di sentimento a fare da cornice. Non riuscì a staccarsene e lo lesse prima di cadere addormentato.

Sull'ultima pagina comparivano la parola fine e la firma di suo fratello.

La domenica pomeriggio successiva, come di consueto, Michele e Gabriele si incontrarono dopo pranzo, per prendere un caffè insieme e passeggiare lungo le vie del centro. Quel giorno parlarono di calcio, di lavoro e ancora una volta del loro progetto di aprire una pizzeria. A un certo punto, Michele si fermò e gli indicò una saracinesca chiusa poco lontano.

«Che ne pensi? È avviata, il proprietario si separa dalla moglie e non ne vuole più sapere di questo posto. Avremmo già la licenza e tutto il personale incluso nel pacchetto, oltre che il locale. Fra l'altro la svende: duecentocinquantamila euro ed è nostra!»

Aveva gli occhi luminosi per l'entusiasmo.

«La conosco», rispose Gabriele. «È un bel posto e fa spesso il tutto esaurito, ma... Michele, io non ce li ho tutti questi soldi».

«Ne abbiamo già parlato, prova a chiedere un prestito. Per il locale abbiamo ancora tempo, ci vorranno da otto mesi a un anno affinché il proprietario possa mettere a posto la faccenda. Gli ho telefonato ieri, gli basta che firmiamo un compromesso dove ci impegniamo a rilevare l'attività a tempo debito e il resto... Il resto si farà pian piano, insieme».

Far quadrare i conti, in realtà, per Gabriele sarebbe stato quasi impossibile. Aveva da parte appena un quarto della cifra, e con lo stipendio che guadagnava un prestito sembrava un sogno proibito. Per non scoraggiare l'amico, però, gli promise che avrebbe fatto del suo meglio.

«Così mi piaci!», lo incoraggiò quello. E lo salutò con un abbraccio raggiante.

Gabriele tornò verso casa e prima di entrare controllò la cassetta delle lettere. C'erano dentro una bolletta, tanto per rimanere in tema, e un coupon da spendere in un salone di bellezza. E, sul fondo, un altro biglietto pubblicitario su cui campeggiava la frase: "Pubblica il tuo manoscritto nel cassetto!".

Gli sembrò quasi un'insistenza proveniente da suo fratello, motivo per cui strappò la brochure e la buttò nel cassonetto.

Di notte, però, prese a sognare Turi e a sentirlo insistere su quel suo libro. Non si arrendeva davanti al suo diniego e lo assillava ora con le buone, ora con le cattive. Una sera, mentre era seduto davanti alla TV dopo che sua madre si era già coricata, lo vide addirittura entrare dalla porta del salotto, con le mani in tasca e il solito aspetto spettinato.

Rimase in piedi e cominciò: «Andiamo, Gabriele! Non farti pregare anche da sveglio... Questa è la mia ultima possibilità. Lo sai che mi è sempre piaciuto scrivere, anche se poi la vita ha preso una brutta piega e...»

«No!», lo interruppe Gabriele scattando in piedi. «Non è stata la vita, sei stato tu a prendere una brutta piega! Se ti piaceva tanto, perché non hai fatto lo scrittore anziché il malavitoso?»

«Poche chiacchiere, fratello. Pubblica il libro a nome tuo, prenditi pure i soldi che ti servono...»

«Mai! Non li voglio i tuoi soldi sporchi di sangue, io».

«Non ho mica ucciso qualcuno con la penna e l'inchiostro, idiota! Ho inventato una storia e l'ho raccontata, stop. Non fare l'eroe, Gabriele, ché non è questa la situazione. Pubblicala e prendi i soldi, se non lo fai non ti darò pace».

Si accese una sigaretta e, girandogli le spalle, uscì a passo lento dalla stanza.

Gabriele rimase a fissare la TV con un senso di impotenza misto a rabbia, e gli occhi vuoti. Quando tornò in camera sua, prese il quaderno e iniziò a strapparne via le pagine, fino a ridurlo in brandelli. Dopo aver dato sfogo a quella rabbia quasi impersonale, cedette al sonno, stremato come se avesse appena lottato contro un pugile.

La mattina seguente, il pavimento era intonso e sul comodino Gabriele trovò intatto il quaderno di Salvo. Spaventato, scosso e quasi commosso, ascoltò sé stesso dire a bassa a voce, come in un soffio: «E va bene, pubblicherò il tuo libro».

I mesi seguenti furono di lavoro intenso: Gabriele esplorò un mondo per lui nuovo, affascinante e complesso. Chiese aiuto ad amici e colleghi, cercò consulenti e risorse online. E si dedicò come poté a ricopiare l'opera su schermo, a correggerla, a rifinirla. Stampava ogni stesura, la leggeva tre o quattro volte e poi tornava al suo file, per sistemare ancora questo o quel passaggio. Quando gli sembrò che non potesse fare di meglio, iniziò a spedirlo a diversi agenti letterari, nella speranza che si incaricassero di presentarlo all'editore giusto.

A fine anno, arrivò la telefonata che aveva tanto aspettato: una casa editrice proponeva una bozza di contratto. Si era talmente lasciato prendere da avere quasi dimenticato di non essere lui l'autore, e si sentì felice come un bambino davanti a un bancone di dolci. Stampò, lesse, di nuovo controllò, verificò, ponderò, e infine appose la sua firma. In breve venne contattato per stabilire un titolo definitivo, per visionare la copertina, per organizzare il calendario delle prime presentazioni... E autografò delle copie, girò di libreria in libreria, intascò i primi pagamenti per le vendite. I soldi nemmeno li contò, finse che non esistessero. Proseguì la sua vita, con il solito stipendio e ancora senza pizzeria, ché per una ragione o per l'altra ogni locale su cui lui e Michele posavano gli occhi si rivelava quello sbagliato.

Poi, una domenica mattina, Gabriele si svegliò con la mente stranamente sgombra. Percepiva che qualcosa stava cambiando, dentro e intorno a lui, e dopo essersi vestito si ritrovò in garage senza sapere neppure come ci fosse arrivato. Guardò per l'ennesima volta la vespa di Salvo e, dando retta a un impulso irrefrenabile, si mise a cavalcioni e provò ad accenderla. Quella non rispose, ma lui non si diede per vinto. Provò ancora, e ancora, e ancora, finché la Special non cedette. Allora si allacciò il casco e partì.

Si fermò dal benzinaio, dopodiché girovagò senza meta per dieci, venti, trenta minuti. Raggiunse i dintorni dell'aeroporto e, senza forse volerlo, si ritrovò sul piazzale dove ormai più di due anni prima lo aveva portato Salvo, per mostrargli il punto in cui gli avevano sparato. Suo fratello era lì, in piedi, e lo fissava.

«Ti stavo aspettando», gli disse.

«Non mi dire», brontolò sardonico Gabriele. «Cosa c'è, adesso? Vuoi che ti pubblichi un'enciclopedia?»

Salvo sospirò.

«Non ci arrivi proprio, vero? Non mi perdonerò mai per quello che ho fatto, e neanche tu devi perdonarmi. Non ti chiedo questo. Separa l'immagine che hai di me da quel che giocava a pallone con te, però. Da quel fratello che è stato in grado di scrivere un libro, che si è pentito dei suoi errori, che se potesse porre loro rimedio lo farebbe».

«No, Turi, non ci riesco. Sei mio fratello, ti ho visto nascere. Avevo cinque anni quando sei venuto al mondo, ma proprio per questo non posso accettare quello che hai fatto e mai ci riuscirò».

Dagli occhi di Salvo scivolò una lacrima, mentre un dolore sordo schiacciò il petto di Gabriele. Il cuore prese a battergli all'impazzata, e al giovane tornarono in mente le notti in cui suo fratello, ancora bambino, si avvicinava al suo capezzale e gli diceva: «Ho paura del buio tienimi con te».

Allora, pur di liberarsi di quel peso, attirò a sé Salvo e lo abbracciò come era solito fare in passato, con le mani appoggiate alla sua nuca.

Da quel giorno Gabriele non trovò più lettere del fratello, né lo vide più in giro per casa o tra un sogno e l'altro. Una volta, però, gli cadde dalle mani il libro di Salvo mentre lo spostava da uno scaffale all'altro della libreria. Lo raccolse e si accorse che nella prima pagina qualcuno, a mano, aveva scritto: "Grazie, fratello".

La festa di fidanzamento

Lo squillo del telefono interruppe il sonnellino di Samantha sul divano.

«Pronto?», biascicò ancora assonnata.

«Samy! Questa poi è incredibile, roba da non crederci!»

«Che succede?», sibilò Samantha, scuotendo la testa lentamente.

Dall'altra parte del telefono c'era sua sorella, con il suo turbinio di parole eccitate pronto a investirla in pieno. Paola, dopotutto, era il suo esatto opposto: invadente, egocentrica, pronta a irrompere nella vita degli altri perfino alle tre di sabato pomeriggio.

«Ti dico che è surreale» continuò Paola. «Mamma e papà si sono fidanzati!»

«Ah, e con chi?», domandò Samantha, incuriosita dal fatto che la loro vita nella casa di riposo avesse ancora qualcosa di stimolante.

«Tieniti forte, è qui che arriva il bello: si sono fidanzati *fra di loro*! Non è pazzesco?»

Samantha balzò in piedi. Sgranò gli occhi e rimase ferma, incapace di trovare la forza di reagire.

«Samy, ci sei ancora?» fece Paola, dubbiosa.

«Sì...», mormorò lei, ancora stordita. «Fidanzati fra di loro», ripeté poi, quasi se ne volesse convincere.

«Ma sì, ti dico! Sono stata a trovarli e nessuno dei due mi ha riconosciuta. Dopodiché papà è venuto verso di me mentre io e mamma parlavamo di come fare la conserva di pomodori e...»

«Scusa, tu vai a trovare i nostri genitori, malati entrambi di Alzheimer, in casa di riposo, e parli con loro delle conserve di pomodoro come se niente fosse? Come se non avessero divorziato trent'anni fa perché papà ha tradito la mamma con ogni creatura femminile del pianeta?»

«Non capisco cosa hai contro le conserve di pomodori», commentò Paola serafica, consapevole in questo modo di spazientire ancora di più la sorella.

«Ciao Paola, non ti fare mandare a quel paese», disse Samantha, e riattaccò.

Si passò confusa una mano sulla fronte, augurandosi di stare ancora dormendo. Subito dopo il telefono tornò a suonare, e Samantha premette il tasto verde senza dire niente.

«Ti stavo dicendo prima, o che cadesse la linea», riprese Paola divertita, come se niente fosse, «o sei tu che hai riattaccato? Vabbè, non importa! Ti stavo dicendo che papà si è avvicinato, ha baciato la mamma e le ha chiesto se le andava di giocare a carte in camera sua. Le ha fatto l'occhiolino, lei ha sorriso e con un'aria civettuola mi ha detto: "Scusa, cara, devo andare a giocare a carte con il mio fidanzato". Si sono presi per mano e mi hanno lasciata lì».

«E tu non hai fatto niente?»

«E che avrei potuto fare?»

«Dovevi impedirle di andarsene!»

Samantha si era rimessa a sedere, frastornata. Nel frattempo Paola aveva aperto una confezione di patatine e la stava sgranocchiando rumorosamente.

«Sei incredibile, come puoi mangiare in un momento come questo e fare tutto quel rumore?»

«Signorina Rottenmeier», la rimboccò Paola, «tu potrai pure mangiare a mezzogiorno, ma io devo ancora pranzare e sto morendo di fame».

«Ok, non era di questo che volevo iniziare a parlare», tagliò corto Samantha.

«Sono sicura che questo fidanzamento durerà poco».

«Macché, se mi hanno invitato sabato prossimo alla loro festa di fidanzamento!»

«Che cosa?», esplose Samantha, scattando di nuovo in piedi. «Ne hai parlato agli infermieri? Questo è troppo, devono vietarglielo! Abbiamo scelto la stessa casa di riposo per entrambi per gestire meglio la situazione, non certo per farli tornare insieme!»

«Non esagerare», insistette Paola, alzando a sua volta la voce. «Sulle loro fedi c'è scritto *Noi per sempre*. Qualcosa vorrà dire, no?»

«Vorrà dire che hanno sbagliato a non fare incidere *Tu cornuta per sempre*».

«Sei una strega!», gridò Paola.

«E tu un imb….», ma Samantha non fece in tempo a finire il suo insulto che Paola le chiuse il telefono in faccia.

Mezz'ora dopo, Samantha raggiunse la casa di riposo. Varcò la soglia sospirando, e si rivolse subito alla reception.

«Salve, sono la figlia di Agata Nicotra e Giuliano Lo Giudice, dovrei parlare urgentemente con il direttore».

Scandì per bene la parola "urgentemente", e si

beccò l'occhiata perplessa dell'infermiera rivolta all'orlo arricciato del pigiama che sbucava da sotto il giubbotto.

«Aspetti qui, prego», disse comunque la donna con gentilezza, indicandole una sedia e sparendo dietro una porta.

Quando riapparve, pochi minuti dopo, le fece segno di seguirla e l'accompagnò nell'ufficio del direttore, dove bussò per lei e la fece entrare.

«Buon pomeriggio, signora Lo Giudice», la salutò lui, sereno ma serio al tempo stesso. «Sono stato informato che voleva vedermi».

«Sì, signor direttore» esordì Samantha, in tono agitato. «Cos'è questa storia che i miei genitori si sono fidanzati e che stanno pure organizzando una festa per dare il lieto annuncio?»

«Credevo ne fosse già al corrente», proseguì lui, «e soprattutto che ne fosse felice».

«Felice?», sbottò Samantha. «Felice? Certo, guardi qua, non sto nella pelle!»

Mentre parlava, si lasciò cadere sulla poltrona davanti alla scrivania.

«È chiaro che ci sia un equivoco», cercò di mediare l'altro, lasciandosi andare a un piccolo colpo di tosse.

«Equivoco, lo chiama lei? I miei genitori non

sono qui in vacanza, hanno bisogno di cure e di assistenza, non di trovare un fidanzato!»

«Cara signora», insistette il direttore con voce profonda, sfilandosi gli occhiali prima di proseguire, «i suoi genitori ricordano ben poco del loro passato, a tratti quasi niente. Eppure sanno perfettamente cosa sia l'amore, e stanno reclamando il loro futuro con grande forza. Vogliono passare il resto del loro tempo insieme, per quel poco che può valere, e a essere sincero non ci vedo nulla di male».

«Non ci vede niente di male perché lei non ha idea delle liti che ha scatenato mio padre, dei pianti di mia madre, dei tradimenti che ha subìto e di quanto sia stata dura per lei la separazione…»

«Io non lo immagino, e loro per fortuna non lo ricordano», le fece notare il medico. «Oggi, miracolosamente, hanno una seconda possibilità, una chance di ricominciare a starsi accanto senza rinfacciarsi quello che è successo…»

Mentre Samantha si sforzava di non guardare i calzini con i cuori che aveva dimenticato di cambiarsi prima di uscire di casa, le squillò il cellulare. Il direttore si interruppe e lei cercò lo smartphone dentro la borsa, per poi scoprire che sul display campeggiava il nome "Homo Sapiens".

«Luigi, dimmi», mormorò con voce ferma, sperando che l'interruzione non andasse troppo per le lunghe.

«Samantha, non ti agitare. Devo dirti una cosa, sono con Martina e stiamo aspettando che le facciano una radiografia…»

«Radiografia? Perché?», si inquietò lei, ignorando la raccomandazione che aveva appena sentito.

«È caduta da cavallo durante la lezione di equitazione, ma è tutto a p…»

«Come sarebbe, caduta?», ripeté Samantha alzandosi. «E in quale ospedale siete?»

«Al pronto soccorso del Garibaldi nuovo, ma ho la situazione sotto c…»

Lei posò il telefono senza ascoltare il seguito, e si rivolse al direttore in modo sbrigativo.

«Mi perdoni, ma devo proprio andare. Ne riparliamo, d'accordo? Torno da lei al più presto, arrivederci!»

Il direttore non fece in tempo a ricambiare il saluto che lei aveva già imboccato di corsa l'uscita. Si mise al volante e partì in direzione dell'ospedale, suonando il clacson ogni volta che qualcuno le bloccava la strada e maledicendo tutti i semafori rossi.

Quando arrivò al pronto soccorso, Luigi era in piedi vicino alla macchinetta del caffè, intento a tirare fuori qualche moneta a suon di pugni.

«C'è scritto che è guasta», gli fece notare Samantha, arrivando alle sue spalle.

Luigi sobbalzò.

«Samantha! Non me ne ero accorto... Come stai?»

«Come vuoi che stia?», rispose tutto d'un fiato. «Sono in ospedale perché mia figlia si è messa in testa di cominciare a fare uno sport pericoloso a dodici anni».

Luigi le fece segno di sedersi.

«Lei come sta, piuttosto?», proseguì Samantha, crollando per l'ennesima volta sull'ennesima sedia.

«Non si è rotta niente», la tranquillizzò Luigi. «Ha solo una distorsione, le stanno facendo una fasciatura e appena finiscono la porto a casa».

«Te lo puoi scordare», lo apostrofò Samantha, «porto *io* mia figlia a casa!»

Luigi aprì la bocca per ribattere, ma all'ultimo momento decise di restare in silenzio. Scosse la testa con aria contrariata e si girò dall'altra parte, ignorando Samantha e il suo malumore.

Lei, nel frattempo, rimuginò sulle assurdità che le aveva appena detto il direttore della casa di riposo. Dimenticare i ricordi brutti, ricominciare da capo... Che stupidaggini! Poi tornò a fissare Luigi, e le sfiorò la mente il pensiero che anche lui l'avesse trovata strana, spettinata e struccata com'era. Lui era così curato, affascinante, perfetto e tremendo come sempre. Così, Samantha strinse a sé la sua Louis Vuitton per darsi un tono, e appena Luigi si girò verso di lei lo affrontò ringhiando:

«Che hai da guardare?»

Per qualche misterioso motivo, la sua aria arruffata e aggressiva finì per intenerirlo.

«Sei proprio bella quando non sei travestita da avvocato con una parcella a quattro zeri», le disse quindi, abbozzando un sorriso.

Samantha lì per lì abbassò lo sguardo e rimase in silenzio per un paio di secondi. Dopodiché, rialzò gli occhi e gli rivolse una domanda a bruciapelo, cercando di nascondere l'imbarazzo e la paura di venire fraintesa.

«Se tu potessi cancellare tutti i nostri ricordi pur di ricominciare a stare insieme, lo faresti? Voglio dire, quelli brutti ma pure quelli belli…»

«Sì», rispose Luigi senza battere ciglio. «Cancellerei tutto con un colpo di spugna, se potessi. E tu?»

«Io non lo so», ammise Samantha, e dopo un attimo di esitazione si decise a raccontargli l'assurda trovata dei suoi genitori e il discorso che aveva iniziato a intavolare il direttore della casa di riposo.

La notizia, con suo stupore, non turbò assolutamente Luigi, che anzi si disse sorpreso in positivo della piega che avevano preso gli eventi.

«Ma come è possibile che nessuno capisca la gravità della cosa?», insistette allora Samantha, frustrata. «Quando ero piccola vedevo mia madre ridere felice e subito dopo spegnersi perché riceveva una telefonata, o perché trovava una camicia di mio padre sporca di rossetto in mezzo al bucato da lavare. Ancora e ancora. Lei si metteva a piangere, lui rientrava a casa e cominciavano a discutere per giorni interi, per giorni che poi diventarono mesi. All'epoca non capivo che lui la stesse tradendo, ma sapevo che se loro litigavano io e mia sorella dopo la scuola non saremmo andate da nessuna parte. Ci chiudevamo in camera a giocare e toglievamo di torno il cappotto e le scarpe, perché tanto la giornata era finita lì. Mia madre lo ha perdonato per anni, non so più se pensare che fosse una povera illusa o una che non stava bene con la testa. E ora se ne vengono fuori con questa festa di fidanzamento!»

«Magari nei momenti di lucidità si ricordano ancora di essere stati sposati, e di avere divorziato», ipotizzò Luigi, «ma poi riescono a passare sopra quello che è successo e ad andare avanti. Il tempo per loro passa così velocemente... E può darsi che non vogliano sprecarne ancora facendosi i dispetti o continuando a ignorarsi. Se ci pensi non hanno poi tutti i torti, no?»

Samantha fece per rispondere, quando la conversazione venne interrotta da un'infermiera che riportò Martina verso di loro.

Era scossa e aveva gli occhi lucidi, così Samantha si alzò per abbracciarla e le accarezzò piano la testa, in silenzio.

Dopodiché riprese la borsa e si rivolse a Luigi.

«Portala tu a casa», gli disse con un sorriso, mentre dava a Martina un ultimo bacio in fronte.

Si avviò verso l'uscita del pronto soccorso e, mentre si girava per salutare, aggiunse con aria divertita: «Ah, se ti va di venire sabato prossimo in casa di riposo, sappi che sei invitato anche tu a una certa festa di fidanzamento».

Il sabato seguente, di fatto, in casa di riposo c'erano tutti: Samantha e Martina, Paola con i suoi tre cani trovatelli, che si ostinava a trattare come bambini, e Luigi un po' imbarazzato nel suo completo in giacca e cravatta.

Anche gli altri anziani si erano messi in ghingheri e avevano chiesto ai loro familiari di portare qualche dolce da servire sui tavoli del giardino. Il sole autunnale era più caldo del previsto, e la colazione fu allietata dalle canzoni anni Cinquanta e Sessanta che intonarono due ragazze con la chitarra contattate da Paola per l'occasione.

I due fidanzati non smisero neanche un attimo di tenersi per mano.

Samantha ancora non riusciva a credere ai suoi occhi, pur essendo allo stesso tempo soddisfatta di aver dato una mano nell'organizzazione di quel giorno speciale.

Quando tutti ebbero finito di mangiare, suo padre si alzò in piedi e richiamò l'attenzione generale.

«Grazie per essere qui oggi», esordì a voce alta, rivolgendo lo sguardo al completo rosa della sua fidanzata. «Sapete perché vi abbiamo riuniti qui, perciò non voglio sprecare troppo tempo in chiacchierare. Più che alle parole, è ai fatti che preferisco passare».

Così dicendo si sfilò la fede, allungò una mano verso Agata e lasciò che lei la stringesse e gli porgesse l'anello. «Fai di me e del mio amore ciò che vuoi», scandì con voce tremante.

Lei, con dolcezza, aggiunse: «Per sempre noi», e gli rimise al dito l'anello.

Samantha ebbe l'impressione che i due si scambiassero uno sguardo di intesa e non poté fare a meno di girarsi verso Luigi, che ricambiò la sua occhiata con un sorriso.

Poi scoppiò a piangere di commozione fra le braccia di Martina.

Duetto

Il duetto è una composizione (o una parte di composizione)
composta da due parti di uguale importanza;
a volte, solo a volte, un duetto può trasformarsi in un assolo.

Vincenzo Bellini si alzò dal letto che erano le sei del mattino.

Non era abituato a staccare la sveglia così presto e, a dire il vero, non era nemmeno abituato alla sveglia. Veniva da una famiglia ricca e non aveva mai combinato nulla di buono, eccetto che dilapidare il patrimonio dei genitori tra viaggi, vacanze in compagnia di donne affascinanti, macchine lussuose e svaghi all'insegna della droga.

Si preparò mentre ancora la villa era avvolta dalla quiete. Non era rimasto nulla della vita agiata di una volta: molti mobili erano stati pignorati per sanare i debiti che aveva contratto e dei quadri alle pareti era rimasto solo un segno sul muro. Erano stati venduti proprio come i gioielli, e tutto era un antico ricordo. Si guardò allo specchio e si fissò compiaciuto: dal suo illustre antenato aveva ereditato il nome e qualche vaga somiglianza (i ricci biondi, gli occhi azzurri), ma nessun talento per la musica.

Aprì un cassetto in fondo alla cabina armadio e tirò fuori i pezzi che componevano la pistola; la montò con grande pazienza e con mano esperta e, quando ebbe finito di caricarla, la accarezzò con le dita. Poi la nascose sotto la giacca, infilata nella cintura, e l'ultima cosa che fece davanti allo specchio fu sistemarsi il nodo della cravatta.

Prima di uscire gettò un'ultima occhiata alla stanza. Sul letto c'era sua moglie Letizia, sdraiata su un fianco. Aveva una mano sotto il cuscino e indossava soltanto la maglia del pigiama e i calzettoni. Vincenzo sorrise. Erano quasi sei anni che dormiva con quella donna. Tutte le notti lei andava a letto in pigiama e la mattina seguente si svegliava senza pantaloni; se ne sentiva oppressa e se li toglieva nel sonno, come se sbarazzandosene potesse liberarsi dalla sua prigionia. Nella penombra riuscì a scorgere il segno degli slip sul suo sedere. La osservò quasi volesse imprimersela per sempre nella mente e, se fosse stato un pittore, l'avrebbe di certo dipinta su una tela.

La loro storia d'amore era stata un percorso difficile e pieno di false partenze. Qualche tradimento lui lo aveva compiuto e Letizia, da moglie innamorata e devota, lo aveva perdonato con pazienza. Così aveva rimesso in piedi il loro matrimonio una volta, una seconda volta e un'altra ancora ancora. Vincenzo era riuscito a dilapidare tutti i beni di famiglia giocandosi un patrimonio sul tappeto verde, ma ora sarebbe stato diverso. Avrebbe chiuso la faccenda e rimesso tutto in pari: dall'indomani sarebbe cambiato tutto. Avrebbe fatto un figlio con Letizia e la svolta sarebbe arrivata come uno tsunami nelle loro vite, cancellando il passato.

In quel momento lei schiuse le labbra e tiro a sé le coperte. Vincenzo ebbe paura di svegliarla. Aveva giurato davanti a Dio di amarla, onorarla, di esserle fedele e un bel po' di altre cose, eppure aveva disatteso tutte le promesse. Quando scivolò via nelle luci dell'alba, pensò di chiederle perdono, però non lo fece.

Una volta in macchina accese la radio e sentì una stazione trasmettere l'opera. Ironia della sorte: era *Norma*. La meravigliosa voce della Callas stava intonando *Casta Diva* e, sebbene non avesse un animo nobile, Vincenzo non poté fare a meno di sentirsi grato per una così incantevole musica.

A voce alta, disse: «Grazie, nonno, se davvero posso chiamarti così», e fece un sorrisetto.

Nella sua famiglia amavano raccontare del giorno in cui la salma di Bellini era rientrata a Catania. Aveva partecipato l'intera città e una grande folla aveva dato il bentornato al musicista. Se ora l'antenato avesse saputo delle sue malefatte si sarebbe rivoltato nella tomba, sebbene neanche lui con le donne fosse stato un gentiluomo, dal momento che, nonostante la sua onestà, se le sceglieva facoltose e sposate per godere di certi privilegi economici. Vincenzo si concesse un altro sorrisetto prima di ingranare la marcia e di immettersi in via Etnea, mentre alle sue spalle si chiudeva il grande cancello automatico della villa confinante con il giardino pubblico che portava il suo nome.

Nello stesso istante Francesco Nicotra infilò la pistola nella fondina. Essendo un poliziotto, anche quel giorno indossava l'uniforme di ordinanza. Evitò come sempre di guardarsi allo specchio, perché quella che gli rimandava era l'immagine di un uomo senza più sogni né aspettative. Uscì dal bagno e si diresse in cucina, dove trovò Carmela che, con un cenno, gli indicò il caffè sul tavolo. Francesco annuì in silenzio.

Come avevano fatto a ridursi così? Erano passati vent'anni fra fidanzamento e matrimonio, ed erano diventati due estranei. Dopo una vita insieme e tre figli, ora sua moglie non lo guardava più in faccia. Eppure era stato un bravo marito, un buon padre. Aveva sempre lavorato sodo e niente era mancato sulla loro tavola o sotto l'albero di Natale.

Intanto Besciamella si era alzato dalla sua cuccia. Era un trovatello di età indefinita che avevano visto una notte in autostrada, legato al guardrail. Da quattro anni Francesco ripeteva che l'indomani lo avrebbe portato al canile e da quattro anni Besciamella faceva parte della famiglia.

Il quadrupede scodinzolò al padrone per comunicargli la sua voglia di una passeggiata.

«Non ho il tempo di fare uscire Besciamella», disse però Francesco.

Senza neanche voltarsi, con le mani nel lavello per continuare a lavare i piatti della sera prima, sua moglie rispose secca: «Lo porterò in giro io, più tardi».

Mentre finiva il caffè, Francesco avrebbe voluto dirle che sarebbe stata una giornata difficile, per lui, e che aveva bisogno di guardarla almeno negli occhi. Invece, mormorò soltanto: «Ciao, io vado. Dai un bacio ai ragazzi».

Carmela non rispose. Lui andò alla porta e se la

chiuse silenziosamente alle spalle, per poi chiamare l'ascensore. Abitava a pochi metri dalla cosiddetta villa Bellini, al terzo piano di un palazzo all'angolo fra via Etnea e via Umberto.

Salì in macchina e accese la radio mentre un'emittente trasmetteva *Casta Diva*.

«Oggi», disse alzando il volume, «sarà di sicuro una gran giornata».

Francesco era un estimatore di Vincenzo Bellini, anzi, se ne sentiva quasi ossessionato. Non per niente era un discende illegittimo del Cigno. Era infatti nota la storia per cui la sua antenata madame De Livigne, amante di Bellini, alla morte di questi fosse stata costretta a lasciare Parigi per sottrarsi al giudizio della gente, considerato che portava in grembo il figlio del compositore. Era andata a rifugiarsi nella città che aveva dato i natali al suo amante e grazie alle sue immense ricchezze non aveva avuto difficoltà a trovare un nobile che la sposasse, pur rimanendo fedele alla sua passione giovanile fino alla morte. Aveva infatti obbligato i suoi eredi a dare ai figli maschi uno dei nomi del celebre compositore: Vincenzo, Salvatore, Carmelo e, appunto, Francesco. Si trattava di una tradizione che nella sua famiglia durava da più di duecento anni. Lui avrebbe voluto scoprire tutto della vita del suo famoso conterraneo e andava perciò in cerca di aneddoti e di notizie delle quali si potesse poi accertare la veridicità.

Fra le tante vicende, quella che amava più raccontare ai colleghi era l'insuccesso di *Norma*, l'opera presentata alla Scala di Milano nel 1831.

«Fu un vero fiasco», ripeteva Francesco a chiunque fosse disposto ad ascoltarlo. «Una parte della fazione opposta a Bellini lasciò il teatro, mentre un'altra ne fischiò la rappresentazione. Pare che fossero stati pagati da una dama russa, la contessa Giulia Pahalen Samojlov, imparentata con lo zar Alessandro I, che aveva avuto una breve storia d'amore con Bellini. L'abbandono da parte del musicista l'aveva spinta a vendicarsi e lei finalmente ci riuscì in quella circostanza con l'aiuto Giovanni Pacini, musicista catanese nemico di Bellini, che ne era diventato l'amante».

Mentre veniva intonata una delle aree più celebri del compositore, la mente di Francesco andò a Carmela, a cui tempo addietro aveva dedicato proprio quell'aria di *Norma*. Questo tuttavia era successo quando Carmela non lo tradiva ancora. Da tempo Francesco, che faceva parte dei corpi investigativi, aveva scoperto che la moglie aveva un amante. Almeno, pensava per consolarsi, ha la decenza di non farlo in casa nostra. In effetti, Carmela andava quasi ogni giorno nello studio del suo medico. Se non altro Francesco sapeva di chi si trattava. Quel dottore era una persona a modo e non avrebbe mai minato il loro equilibrio familiare, garantito.

Immerso com'era nei suoi pensieri, Francesco all'improvviso si ricordò di Silvio, il collega con cui sarebbe stato in missione di lì a poco. Silvio aveva quarant'anni e una moglie di nuovo incinta: presto sarebbe passato al lavoro d'ufficio e avrebbe smesso con le missioni sul campo, avendo un figlio piccolo e un altro in arrivo. Gli rimbombarono in testa le parole che l'uomo gli aveva rivolto qualche giorno prima: «Hai sentito cos'è successo l'altro giorno a Roma? Un collega ci ha rimesso le penne e la notizia è finita su tutti i giornali».

A differenza di Silvio, lui non aveva mai avuto timori del genere. Era un uomo coraggioso e perfino un po' incosciente. Una volta, da ragazzo, per non tirarsi indietro aveva rimediato delle botte da orbi e da quel giorno aveva il naso schiacciato per via di un pugno ben assestato. Aveva difeso un ragazzo che veniva strattonato, deriso e appellato con insulti a causa del suo aspetto in carne da un gruppetto di delinquenti. Non riusciva a rimanere indifferente davanti alle ingiustizie. In compenso aveva assunto un'espressione da pugile che alle donne piaceva.

D'un tratto ebbe l'impressione che ogni cosa intorno a sé diventasse frenetica e iniziasse a verificarsi a un ritmo due volte più veloce del solito: appena arrivato in caserma aveva avuto la conferma attraverso una soffiata che lo scambio sarebbe avvenuto alle tredici in punto sulla A18, nell'autogrill più vicino all'uscita del casello per Taormina. Francesco e i ragazzi della squadra speciale antidroga si erano infilati il giubbotto antiproiettile sotto i vestiti in borghese. Erano piombati in autogrill con quattro vetture, ognuna con dentro due agenti pronti all'azione. In macchina Francesco aveva ripetuto che i pesci piccoli, una volta catturati, li avrebbero portati al pesce più grosso.

«Sono mesi che ci stiamo dietro, non possiamo fallire», aveva insistito.

La giornata era calda e un sole maestoso rischiarava il paesaggio.

Di colpo Francesco si fece teso: qualcosa non lo convinceva più. Aveva una brutta sensazione, quasi un presagio di morte. Quando Silvio tirò il freno a mano, scese dall'auto con uno scatto deciso e sbatté violentemente i piedi sull'asfalto. Il suo collega esitò un attimo, poi sgattaiolò via dalla macchina dandogli una pacca sulla spalla.

Alle dodici e cinquantasette, senza tradire nessuna emozione, i due poliziotti entrarono nel bar. Si guardarono intorno e riconobbero i colleghi: uno leggeva il giornale, l'altro stava ordinando il pranzo e altri due avevano improvvisato una discussione sul calcio.

Vincenzo Bellini entrò alle dodici e cinquantanove. Sembrava un attore, con i suoi occhiali da sole e il modo di fare sicuro. Da un momento all'altro si sarebbe detto che avrebbe iniziato a firmare gli autografi.

Pagò un caffè, si avviò al bancone e lo ordinò. Accanto a lui c'era un uomo non molto alto, appena sbarbato. Indossava una felpa e dei pantaloni alla moda, mentre ai piedi aveva un paio di sneakers. A prima vista sarebbe passato per un ragazzo, anche se guardandolo bene si riconosceva in lui un adulto, uno di quelli che seguivano le mode dei più giovani piuttosto che accettare con franchezza la propria età. L'uomo stava bevendo un caffè e controllava la pagina sportiva del quotidiano.

Vincenzo chiese dell'acqua e posò le chiavi della macchina sul bancone; quindi prese in mano il bicchiere e quando finì di bere afferrò le chiavi della macchina dell'uomo accanto a lui. *Geniale*, pensò Francesco, *ecco il momento dello scambio. Che figli di puttana.*

«Grazie, arrivederci», fece Vincenzo al banconista con aria innocente.

Dentro di sé lo ringraziò sul serio: stava filando tutto liscio. Il falso ragazzo prese le chiavi e lo imitò, salutando e ringraziando a propria volta.

Una volta nel parcheggio esterno, Vincenzo tolse dal parabrezza di un'auto il cartoncino verde, segnale stabilito per indicargli la macchina con cui avrebbe dovuto allontanarsi. Lo accartocciò e lo lasciò scivolare a terra.

Francesco uscì di scatto dall'autogrill. I suoi colleghi capirono che in ballo c'era qualcosa di grosso e lo seguirono. L'uomo alla guida della macchina di Vincenzo scappò in direzione dell'autostrada e due poliziotti si lanciarono all'inseguimento. Mentre con la mano accarezzava il calcio della pistola, Vincenzo cercò di mantenere la calma. Sperava non avessero capito che era coinvolto.

Improvvisamente si sentì un grido di avvertimento: «Fermo o sparo!»

Era Francesco, che gli puntava contro la pistola.

Tutto si fermò e perfino l'aria parve essersi condensata. Sembrava che fossero all'interno di un film di Sergio Leone. Come in un western, Francesco e Vincenzo si fissarono a lungo negli occhi. Nessuno dei due pensò a niente. All'improvviso, Vincenzo estrasse la pistola che teneva alla cintura. Non si sarebbe arreso facilmente, anche a costo di uccidere qualcuno. Alzò il braccio e puntò la pistola. In quel momento Silvio entrò nella sua traiettoria.

«A terra!», urlò Francesco al collega, che si buttò prontamente su un fianco.

Nello stesso momento, l'aria placida del pomeriggio fu lacerata dal boato di un colpo d'arma da fuoco, seguito dal rumore sordo di un corpo che cadeva. Una macchia di sangue si andò allargando sull'asfalto. Se ne percepiva l'odore dolciastro, veniva fuori inesorabile e con esso veniva via anche la vita.

Le voci intorno urlarono e bestemmiarono, poi piano piano diventarono indefinite, mentre i contorni perdevano consistenza.

L'ultima cosa che vide, prima di morire, fu un manifesto della stagione teatrale appena conclusa. Era datato sabato 4 settembre, giorno dell'ultima replica della *Norma* di Vincenzo Bellini.

Avevo chiesto la sua mano

Io stavo morendo, in breve tempo sarei stato polvere. La malattia avrebbe preso il sopravvento conducendomi alla tomba. Avevo una sola opportunità: parlare con il dottor Victor Von Frankenstein. Anche se con la sua creatura era finita male, dovevo rischiare. E questo voleva dire ridurre il mio corpo a un puzzle, tenendo le parti di me non ancora malate e unendole a quelle provenienti da altri corpi, nel tentativo di creare un innesto con la vita. Le possibilità di riuscita non erano molte, ma soprattutto, che tipo di persona sarei diventata dopo? Quali limitazioni, fisiche e cerebrali, avrei avuto? Ci vollero giorni, valutazioni attente, lotte infinite con me stesso. Il timore a tratti prendeva il sopravvento, per poi lasciare il posto alla speranza, seguita nuovamente dalla frustrazione e dall'oblio totale. La confusione regnava nella mia mente senza lasciare spazio a nessuna concreta azione che potesse dare un senso ai miei pensieri, tenuti insieme dal gioco di chissà quale burattinaio che si divertiva a prendere possesso di quella che una volta era la mia vita.

Decisi di farmi operare, senza sapere neanch'io come ci fossi riuscito, vigliacco com'ero e così poco incline alle posizioni di comando che comportano sì dei vantaggi, ma anche grandi responsabilità che non fanno per me. Per una volta, la prima e forse l'ultima, mi dichiarai padrone della mia vita, colui che si mette al comando delle sorti della propria esistenza.

Trovai Frankenstein nella solita locanda. Era già notte fonda, ma per le anime costrette a vivere nel purgatorio era il momento giusto per uscire dalle tane. Ubriaco fradicio mi ascoltò con attenzione in cambio di qualche bicchiere di whisky, che tracannò d'un fiato quasi fosse una medicina in grado di guarire ogni male. E se il suo male all'anima era incurabile, allo stesso modo non esisteva guarigione per il mio: ero spacciato, ma non volevo morire, ero troppo giovane e innamorato, non potevo lasciare lei, la donna più bella che avessi mai visto.

Aveva lunghi capelli neri, pelle bianca come la luna e mi amava la notte respiravamo affannosamente sotto le stelle, sentivo il suo cuore battere forte a ogni bacio, a ogni carezza rubata sotto la luna da due amanti appassionati. Chiesi la sua mano, lei accettò e fummo promessi sposi davanti a Dio. Le nostre nozze erano fissate per il primo novembre, mancavano solo sei mesi. La data era stata scelta dalla mia amata. I suoi genitori adottivi erano di origini celtiche e quel giorno nella loro cultura rappresenta il momento di passaggio dal vecchio al nuovo anno. Il giorno più corto dell'anno, dove la luce lascia spazio alle tenebre. Mi aveva raccontato di essere stata abbandonata appena nata dentro una cesta, coperta solo di foglie. A due passi da lei, davanti a un pozzo, c'era un lupo accucciato che pareva farle da sentinella e, quando arrivarono le persone che poi l'adottarono crescendola con amore, l'animale drizzò le orecchie, sembrò riconoscerle, quindi si alzò sulle zampe e ululò forte alle prime luci dell'alba che cominciava ad affacciarsi sul paese. Poi, dopo aver lanciato un ultimo sguardo alla bambina, era scappato via, correndo e scomparendo nel nulla.

Mi innamorai subito di lei, come se una forza invincibile e misteriosa mi spingesse prepotente verso quella donna. Non volli oppormi, incurante delle maldicenze sul suo conto. In paese si diceva fosse una strega e che di notte andasse nel bosco a caccia di topi per mangiarli insieme al suo pennuto, un corvo dall'aspetto sinistro a cui mancava una zampa. Si diceva in paese che lei avesse il potere di uccidere chiunque solo soffiandogli sul volto: il fiato dava la morte in pochi giorni. Naturalmente erano tutte chiacchiere: lei era magnetica ed enigmatica, la sua bellezza eterea era motivo di invidia. La mia futura sposa lavorava presso un fioraio, aveva una passione per le rose rosse e ne portava spesso qualcuna a casa. Le seccava, lasciandole appese, prive di acqua e luce, dentro un piccolo sgabuzzino adibito a questa pratica, che lei chiamava "la stanza eterna": *così non sarebbe mai sfiorita la loro bellezza*, diceva sempre. Io invece facevo il falegname, ero conosciuto in paese come Geppetto.

Dovetti faticare per ottenere quello che volevo dallo scienziato, mi ripeteva che era follia, che non poteva garantirne la riuscita, che da anni non teneva un bisturi in mano, ma alla fine cedette alle mie insistenze. Adesso che avevo ottenuto quello che volevo, si presentava un grande problema: avere i pezzi di ricambio che facessero al caso mio. Nelle ultime settimane erano morti in paese solo due vecchi, una donna, qualche bambino e un ragazzo assolutamente inutile al mio scopo, il suo corpo così diverso dal mio era inadatto a fornirmi ciò di cui necessitavo.

Impaziente com'ero e temendo che il dottore potesse cambiare idea e tirarsi indietro, decisi di procurarmi da solo quello che mi serviva. Cominciai a fare un'analisi attenta di tutti i miei compaesani: avevo tracciato una tabella con le caratteristiche che ritenevo importanti, prima su tutte resistenza fisica. Poi, dovevano avere buoni geni, niente malattie ereditarie e perché no un bell'aspetto; del resto io ero un uomo affascinante e non avevo voglia di mischiarmi con chi fosse da meno. Ci vollero giorni ma alla fine venne fuori il candidato perfetto: si chiamava William, aveva diciassette anni e viveva solo con la madre in una catapecchia. Un ragazzo povero e non particolarmente furbo che era conosciuto come "Will cuor gentile". Era l'uomo che faceva al caso mio.

Lo avvicinai una domenica mentre usciva dalla messa sottobraccio alla madre. Gli proposi di lavorare per me, inventando di avere parecchio lavoro negli ultimi tempi in laboratorio e che un garzone mi avrebbe fatto comodo. Lui accettò felice. Si rivelò un ragazzo puntuale che svolgeva i suoi compiti con grande impegno; peccato doverlo far fuori, era davvero un bravo garzone. Una sera a chiusura, lo seguì mentre tornava a casa; quando mi resi conto che non c'era nessuno nel buio dei vicoli, lo chiamai Lui riconobbe la mia voce e mi venne incontro sorridente, io mi avvicinai contraccambiando il sorriso e mentre gli davo una pacca sulla spalla, con l'altra mano tirai fuori dalla tasca un coltello e gli sferrai un colpo mortale dritto al cuore.

Non urlò, non ebbe neanche il tempo di capire cosa gli fosse successo. Sul suo viso rimase stampato un sorriso misto a una smorfia di dolore e sorpresa e in bilico fra le due emozioni cadde riverso a terra in mezzo alla pozza che il suo sangue stava formando con grande rapidità. Mi voltai e fuggì avvolto dalle tenebre; in quel momento avevo suggellato il mio patto con il male uccidendo un uomo. La mia anima era dannata ma non avevo nessun rimorso: lo avevo fatto per amore.

Il funerale fu modesto, adeguato al rango del morto, e dopo la sepoltura io e Frankenstein dissotterrammo il cadavere e lo portammo nel suo laboratorio. Mi operò in una notte di tempesta perché, come mi disse, l'energia elettrica che si sprigionava nell'aria durante il temporale era necessaria per dare l'impulso vitale al mio corpo ricomposto. Ricordo bene quello scienziato pazzo, portava lenti spesse dietro le quali si celavano i suoi occhi piccoli e neri come quelli di un topo, e ricordo con chiarezza l'ultima cosa che vidi prima di cadere in un sonno profondo: i suoi denti e il camice che emanavano un biancore intenso, poi solo luce, e poi più nulla.

Quando mi risvegliai, erano passati tre giorni dall'intervento; mi sentivo strano, mi mancava la percezione del mio corpo. Il dottore mi spiegò che qualcosa era andato storto, che tutto quello che era riuscito a salvare di me era una mano. Aggiunse che, con un po' d'impegno, avrei potuto vivere una vita pressoché normale. Quella notte si sentì l'urlo soffocato di un uomo: fu quando la mia mano lo strangolò.

Passai due settimane chiuso dentro la mia bottega. Feci un bellissimo cofanetto in legno di ciliegio e ne rivestii l'interno con un cuscino di velluto rosso; era davvero comodo. Una notte raccolsi il coraggio e bussai alla porta della mia amata. Mi nascosi dentro il mio piccolo sarcofago e rimasi in trepida attesa. Le mie dita erano sudate e umide nonostante la temperatura fosse fredda. Lei aprì la porta, raccolse il pacchetto portandolo in casa, lo aprì e ne venni fuori io, con una lettera stretta nel palmo. Lei non ebbe paura, era incuriosita e lesse con grande attenzione. Poi pianse, si disperò, mentre fuori soffiava un vento così impetuoso da sembrare un ululato di lupi che gelava il sangue. Le asciugai le lacrime e provai un sentimento di estasi quando strinse forte le sue dita alle mie. Così avvinghiati e uniti per il resto dei nostri giorni vivemmo felici, Morticia e io.

Medinat-Elfil

Quando scendo dall'aereo sento che l'aria è diversa; non intendo dire la temperatura ma proprio la qualità dell'aria, non so cosa abbia di diverso, è solo aria ma mi fa respirare meglio.

Eccomi qui, a cinquantotto anni ritorno in patria.

Ho vissuto in Australia da quando ne avevo sette, di anni.

La mia famiglia aveva deciso di sopravvivere alla fame emigrando e così eravamo partiti io, i miei genitori e i miei fratelli maggiori. Ero il più piccolo di tre maschi, il più gracile, quello meno fortunato perché malato di asma; io non potevo giocare come gli altri e sapevo che in una gara di biciclette non avrei mai tagliato il traguardo per primo perché ad un certo punto sarei stato costretto a fermarmi per prendere fiato, per respirare. Questo mi ha, da sempre, dato modo di appassionarmi ad altre cose meno faticose che non necessitavano di grande prestanza fisica.

Così, un po' per caso e un po' per bravura, sono diventato scrittore; ho scritto di grandi amori, di avventura, ho scritto una famosa saga che ha appassionato il mondo intero. Ho vissuto in America a New York, a Brooklyn, ho girato il mondo. Non mi sono mai sposato e avrei potuto farlo perché in molti paesi due uomini possono unirsi in matrimonio già da molti anni; ma non sono mai stato bravo a scegliere in amore e poi sono stato davvero tanto impegnato a fare altro che non ho avuto tempo per le questioni di cuore.

Appena esco dall'aeroporto mi infilo in un taxi, il conducente dopo avermi aiutato con la valigia mi rivolge con un fortissimo accento siculo e la cantilena catanese che rende le parole quasi cantate.

«Signore, dove andiamo?»

Il mio primo istinto è di abbracciarlo e dopo qualche secondo di incertezza rispondo: «Hotel Sheraton, mentre mi porta in albergo vorrei attraversare la città, è possibile?» Lui risponde in modo garbato: «certamente».

Questa inflessione nel parlare non lo sento da vent'anni, da quando è morto mio padre; lui aveva mantenuto intatto il suo dialetto e ciò lo rendeva fiero. Era siciliano, era catanese e voleva che tutti se ne accorgessero.

Sono grato a mio padre per tante cose, ma soprattutto per aver inventato una lingua nuova dove il siciliano e l'australiano si incastravano perfettamente; una lingua dove le parole non si tenevano semplicemente per mano nel costruire le frasi, ma facevano l'amore fra di loro facendo nascere vere e proprie perle di bellezza.

Lui mi diceva sempre cose tipo: «I love you *beddu* di papà. Are you happy?»

E io rispondevo: «Yes, I am. I love you too papà».

Alla mamma diceva per farle un complimento: «You are *duci comu a cirasa*».

Mio padre era l'uomo migliore che avessi mai conosciuto e aveva gli occhi pieni della sua terra, lo sguardo rivolto al futuro dei suoi figli e lava dell'Etna in corpo.

Arrivati al porto riconosco i luoghi, anche se sono un po' cambiati; così chiedo al tassista: «È il porto, vero?»

«Sì», risponde tutto orgoglioso. Rifletto sul fatto che non ci sia motivo alcuno perché lo sia; io ho solo domandato se quello è il porto ma probabilmente si è accorto del mio entusiasmo nel guardare tutto intorno a me e la cosa lo contagia a tal punto da sentirsi il mio Cicerone ufficiale, la mia guida nella traversata della città.

Entriamo a Catania, siamo in via Umberto e di fronte a me si staglia la villa Bellini. Ho il forte impulso di scendere.

«Si può fermare? Scendo qui», dico al tassista. «Voglio fare un giro alla villa, ci andavo sempre accompagnato dai miei nonni la domenica mattina dopo la messa». Mentre pronuncio questa frase vedo che dallo specchietto mi guarda come se fossi un alieno, un mutante.

«Ma lei è pazzo come fa con questa valigiona? Posteggio e l'accompagno, non mi guardi così. Lo stacco il tassametro tanto ne abbiamo di strada ancora da fare e la devo accompagnare alla scogliera. È quasi ora di pranzo, facciamo finta che ho fatto una pausa per mangiare».

Sono allibito. In nessuna parte nel mondo mi era capitato mai che un estraneo dopo venti minuti trascorsi insieme e quattro parole dette a stento facesse un gesto di così forte empatia nei miei confronti.

Gli rispondo: «Va bene, ma le offro il pranzo, scelga lei quello che preferisce».

«E me lo chiede? Quel bar alla sua sinistra fa gli arancini più buoni di Catania».

Mi ricordo gli arancini di nonna Agata, la mamma di mia madre; è passato un secolo dall'ultima volta che ne ho mangiato uno ma ciononostante appena si materializza nella mia mente questa immagine riesco persino a sentirne il profumo.

Mentre passeggiamo per la villa, tutto assume una strana dimensione; vengo catapultato nei ricordi che affiorano alla mente nitidi per poi sparire e faccio ritorno alla realtà mentre chiacchiero con il mio nuovo amico che mi aggiorna sul presente che vive la città.

Mi racconta della sua vita: della malattia del padre che lo costringe a lasciare gli studi per mantenere la famiglia condannandolo a rimanere un avvocato mancato, della bella persona che è sua moglie, della gioia di diventare padre: mi dice che ha una figlia di trentadue anni laureata in ingegneria che da quattro anni vive lontana, a Parigi. È partita dopo aver concluso il ciclo di studi all'università, sta bene lì ma si sente una traditrice: è dovuta scappare lontano per potersi sentire realizzata.

Poi, cambiando il tono della voce e mettendoci più enfasi, mi dice: *«Caro signore, Catania è come una bedda fimmina* capricciosa: fa innamorare di sé e ti ama, poi con un calcio ti allontana dal suo grembo ma anche se traditi e in fuga, in fondo al nostro cuore non riusciamo a scordarla mai, non si può dimenticare il respiro del mare, il sole che si affaccia sul nostro viso e fa primavera pure nel mese di gennaio. Questa è Catania, è l'innamorata adultera e volta faccia, è la madre che ci abbandona ma non ci permette di dimenticarla mai, lei ne sa qualcosa, se dopo più di cinquant'anni è tornato qui un motivo ci sarà».

Mi osserva e forse si aspetta che io gli dica perché sono qui. Così rispondo: «Io sono nato in Sicilia e lì l'uomo nasce isola nell'isola e rimane tale fino alla morte, anche vivendo lontano dalla nostra terra natia circondata dal mare immenso e geloso». Il mio interlocutore sorride e aggiunge: «"Luigi Pirandello"».

Quando mi lascia in hotel sono ormai le tre del pomeriggio e siamo diventati quasi amici; così ci salutiamo felici di esserci conosciuti. Dice di chiamarsi Gaetano, mi dà il suo numero di telefono e aggiunge di non esitare a chiamarlo se avessi bisogno di qualsiasi cosa.

Rispondo che noleggerò una macchina così da potermi rendere autonomo però lo chiamerò comunque. Lui, come se fosse un bambino che ha trovato il suo compagno di giochi con cui poter finalmente tirare due calci al pallone, dice: «Domani sera è la festa della Madonna a mare, una processione in mare molto suggestiva, io ci andrò con mia moglie e degli amici. Perché non vieni con noi?»

«Non so, non vorrei disturbare», dico con evidente ipocrisia. È chiaro che voglio andarci.

«Ma dai che dici», ribatte lui. Il gioco ha funzionato come da copione.

«Dammi l'indirizzo e ci sarò», concludo con voce trionfante.

La mia prima notte in Sicilia è un delirio, un tormento; all'improvviso si mette a piovere, dalla mia suite vedo il mare, i lampi, sento i tuoni che rimbombano, la pioggia diventa un temporale, uno di quelli che ho descritto tante volte nei miei libri, di quelli che non fanno presagire nulla di buono e ti aspetti che domani al tuo risveglio l'intero pianeta sia rimasto privo di esseri viventi eccetto gli scarafaggi; dobbiamo farcene una ragione, è un dato certo che se dovesse abbattersi sulla terra un cataclisma le uniche forme di vita a sopravvivere sarebbero gli scarafaggi: magari ci sveglieremo tutti come nel racconto di Kafka. La sento: è l'isola che non mi vuole, non gli appartengo più non sono più affar suo, mi sta rimandando dritto al mittente senza darmi neanche una possibilità. Mi addormento agitato, spaventato, sogno la campagna dove giocavo d'estate con i miei fratelli. Ho un incubo: mio nonno che sposa la mia assistente e lei ha un abito da sposa rosa confetto. Mi sveglio inorridito più per l'abito che per il matrimonio, qualcuno mi tocca la spalla: è Spider-man. A quel punto apro gli occhi, sono le cinque del mattino, mi giro dall'altro lato e prima di addormentarmi dico: «Fai come credi. Ma sappi che io non me ne vado».

La mattina seguente mi alzo e lo scenario è cambiato: c'è il sole, la temperatura è molto calda, il mare è stupendo. Decido di andare a fare il bagno, c'è una passerella privata per gli ospiti dell'albergo. Mi preparo velocemente e scendo nella hall. Nella galleria dell'albergo ci sono dei negozi, uno dei quali ha in bella mostra una vasta scelta di costumi da bagno; entro e acquisto il necessario per la mia nuotata. Adoro il mare e questo in particolar modo non so perché ma solo a guardarlo mi emoziona, lo sento il mio mare come se scorresse in me; questo posto mi fa uno strano effetto, neanche fossi vittima di un sortilegio.

Passo una giornata stupenda in giro per Catania; anche se cambiati rispetto ai miei ricordi, ritrovo posti che con grande sorpresa riconosco: la pescheria, il mercato, il centro storico, qui tutti sembrano nati con l'unico scopo di raccontarti una storia, di darti a tutti i costi delle indicazioni stradali, anzi ti accompagnano proprio. Mi è capitato di chiedere la strada per arrivare a Piazza Verga e mi sono sentito urlare alle spalle: «Non quella traversa, le avevo detto la seconda, di là, giri di là».

Succede, poi, una cosa che ha dell'incredibile: non è tanto il fatto in sé, perché è un fenomeno che può verificarsi, ma quello che mi lascia esterrefatto è il modo in cui la gente affronta questa circostanza.

Mi trovo al mercato del pesce e gironzolo fra le bancarelle dei pescivendoli, tuffandomi beato nell'ascolto del dialetto siciliano nella speranza di afferrarne il senso giusto; devo dire che non è difficile per me avendo avuto il miglior maestro di lingua "straniera" a disposizione: mio padre. Aspetto le ore tredici così da recarmi a pranzo in un ristorante attiguo al mercato. In questa città pensare di pranzare ad un orario diverso da quello o di cenare prima delle ventuno è praticamente impossibile, anzi te lo vietano proprio. Mentre attendo l'ora del pranzo, la terra trema. Ho molta paura come tutti intorno a me e sento qualcuno che urla: «Il terremoto, *Sant' Aituzza bedda*».

Ci fermiamo tutti su due piedi quasi a voler bloccare il movimento sussultorio della crosta terrestre, poi il terremoto finisce e seguono una manciata di secondi di assoluto silenzio e di immobilità come se facessimo parte di un dipinto su tela. A quel punto, la prima cosa che sento è incredibile: un pescivendolo urla: «*Accattativi u pisci, è vivu, vivu è n' terremoto*», e cioè "compratevi il pesce, è vivo, vivo, è un terremoto".

Sento qualcuno ridere e qualcun altro dire: «La Signora», e qui indica l'Etna, «si è svegliata *siddiata* come mia moglie stamattina, meglio il terremoto che se quella mi prende non ne esco vivo».

Insomma, c'è stato il terremoto, potrebbero esserci altre scosse e qui si ride, si scherza. Un ragazzo si accorge del mio stupore o forse del mio aspetto, non devo avere una bella cera, mi chiede se mi sento bene e aggiunge: «È pallido, vuole un po' d'acqua?» Faccio di sì con la testa, lui prende da uno dei suoi sacchetti della spesa una bottiglia e me la porge. «Non ci faccia caso, lei non è del posto, vero?»

Sono ancora sconvolto e dopo aver bevuto rispondo: «No, non vivo a Catania».

Il ragazzo tenta di spiegare l'accaduto: «Qui si scherza su tutto, più sono tragiche le cose e più si tende a sdrammatizzarle. E poi con i terremoti impariamo a convivere da quando nasciamo. Viviamo ai piedi di un vulcano attivo del resto lo spettacolo della montagna sul mare non poteva essere gratis».

Sorrido e mi congedo ringraziandolo.

La serata in compagnia di Gaetano è strepitosa, assisto a una processione molto suggestiva con tutte le barche dei pescatori in mezzo al mare, rido, scherzo e mi è basta una sola serata insieme per far già parte della comitiva. Sono affamato di sapere, rimango affascinato dalle loro storie, mi raccontano della leggenda di *Cola Pisci,* un ragazzo che sapeva nuotare come un pesce e spingersi nel profondo del mare che quando si accorge che una delle colonne che sorregge la Sicilia sta per crollare, senza pensarci due volte scende nell'abisso del mare sacrificando la sua vita e si sostituisce alla colonna. Tutt'ora Cola Pisci sorregge la sua amata Sicilia e la leggenda vuole che quando si avverte la terra tremare nella zona fra Messina e Catania è lui che cambia la spalla dove poggia l'isola per riposare un attimo.

Mi raccontano della leggenda del vaso a forma di testa di moro così diffuso in Sicilia: il Moro si prese gioco dell'amore di una bella siciliana ingannandola, lei per vendetta lavò il suo onore con il sangue decapitandolo nel sonno e con la sua testa fece un vaso dove piantò il basilico. Scopro usanze, tradizioni e la storia della Sicilia mi si imprime sulla pelle.

Nelle sere a seguire passeggio spesso per via Etnea; respiro le mie radici e capisco perché mio padre non ha mai dimenticato la sua Catania. La statua di Garibaldi troneggia al centro della città come quella di Vincenzo Bellini, la Fontana dei Malavoglia e i palazzi stile barocco. Poi c'è lui, *U' Liotru,* la statua con l'elefante simbolo di Catania situata nella piazza centrale antistante il Duomo dove si affacciano pure la Cattedrale di Sant'Agata e la Fontana chiamata *L'Acqua o Linsolu* sotto cui scorre il fiume Amenano. Con le invasioni arabe i Mori la chiamarono *"Medinat-Elfil"*, che vuol dire la città dell'elefante. Una città bellissima che vive anche tanti drammi ma non molla mai, lotta. Da quando sono arrivato in Sicilia ho visitato Catania in lungo e in largo, ma ho girato anche per il resto dell'isola: Palermo, Ortigia, Taormina, La Valle dei Templi, l'Etna, ho goduto della compagnia dei miei nuovi amici, ho sentito una nuova energia vitale nascere in me.

Una mattina, circa tre mesi dopo il mio arrivo, mi ritrovo con Gaetano a passeggiare costeggiando il mare di Acitrezza. I Faraglioni ci osservano e godiamo del respiro del mare che si infrange sugli scogli. Mi fermo, fisso il mio amico e sto per parlare ma lui mi anticipa e guardandomi con i suoi occhi azzurri dice: «Lo so, amico mio, è arrivato il momento. Quando partirai?»

Rispondo a testa bassa: «Fra una settimana».

Ci sediamo su una panchina in silenzio, il sole batte caldo sui nostri volti. Gaetano mi guarda con espressione interrogativa e mi chiede: «Perché sei venuto qui?» Non ho via d'uscita, sono senza scampo: devo vuotare il sacco. Prendo ancora qualche istante, non so da dove cominciare. Afferro il telefono, cerco il mio nome su Google ed ecco la mia vita nero su bianco con tanto di fotografia. Deglutisco e poi facendo appello a tutto il mio coraggio gli allungo lo smartphone. Lo vedo sgranare gli occhi, aprire la bocca, un'espressione di stupore gli si stampa in faccia.

Appena mi rendo conto che ha finito di leggere, con voce bassa, quasi a scusarmi dell'uomo ingombrante che sono, dico con timidezza ma assoluta sincerità: «Non lo so cosa sono venuto a fare fin qui, non lo so cosa stavo cercando, avevo bisogno di capire, di sapere da dove vengo, di fare il pieno di emozioni, di ricominciare a scrivere con il cuore e non con la penna. Certo, con questo non voglio dire che speravo che qualcuno mi avrebbe svelato il senso della vita, ma sai…»

Ho finito il mio monologo, lui mi fissa e sembra deluso. «Quindi non hai trovato il Santo Graal?» Scuoto la testa a mo' di "no" senza aggiungere altro.

Gaetano insiste: «Niente Santo Graal, quindi!», e mentre lo dice gli scappa una risata che diventa fragorosa.

Mi contagia e lo seguo a ruota, ridiamo come due stupidi senza motivo, sembriamo due bambini, lui piange dalle risate, a me fa male la pancia, non riusciamo a smettere. È una scena davvero ridicola: due signori decisamente avanti con gli anni seduti su una panchina di fronte al mare che si contorcono dalle risate facendo un baccano incredibile. La gente che passa ci guarda stupita e ad ogni sguardo perplesso che riceviamo la situazione peggiora.

Ci abbracciamo fra le risate e il pianto, l'ilarità e la commozione.

«Gaetano io non so se con questo mio viaggio ho capito qualcosa ma so che ho trovato le mie radici. Non erano mai scomparse, erano semplicemente ricoperte dalla vita, ma erano lì, forti ed orgogliose dentro di me, perché se sei catanese lo sei sempre e per sempre».

La maestra degli intrusi

Cosa ho fatto della mia vita e quanto sono stata brava a non sprecarla? Non credo di riuscire a rispondere con certezza, ma posso dire di averci provato.

Adesso sono sdraiata sul letto di un ospedale. Ho gli occhi chiusi, ma riesco a vedere tutti quelli che sono intorno a me. La più vicina è mia figlia Giulia, che mi fissa immobile e piange, mentre mi tiene la mano.

Sento i suoi pensieri: si sta scusando per tutte le volte che mi ha detestata quando era adolescente e per essere stata così gelosa da bambina dei miei alunni – o forse, per meglio dire, di quei "piccoli mostri", come li chiamava lei. Piange tra i singhiozzi e chiede aiuto all'Altissimo disturbando un gran numero di Santi in Paradiso. Povera cara…

Sua figlia, mia nipote, qualche metro più a destra segue attenta ogni movimento della madre. È così dispiaciuta per lei che in questo momento c'è solo una figlia, nella stanza... La mia.

Sento dei passi nel corridoio, qualcuno irrompe nella camera e a qualcun altro scappa una bestemmia. Capisco che la situazione sta peggiorando, sento un allarme provenire dal macchinario che rileva il mio battito. Al di sopra di tutto, c'è una voce che urla.

«Uno, due, tre, libera! Uno, due, tre, libera!»

«Dai, nonna Clara!»

«Uno, due, tre, libera!»

«Resta con noi, ti prego...»

«Andrea, è finita. Se n'è andata».

Qualcuno cerca di far ragionare mio nipote, che non smette di ripetere: «Non andartene, nonna, non andartene...» Vorrei accarezzargli la testa come quando era bambino.

Mi torna in mente una volta che, per strada, aveva trovato un uccellino con un'ala rotta, lo aveva portato in casa e si era intestardito nel fargli riprendere il volo. Povero Cip (così lo aveva chiamato): era più di là che di qua, ma Andrea lo aveva curato amorevolmente. Quello non era tornato a volare ed era rimasto zoppo, però non gli andò male: visse ancora uno o due annetti, servito come un principe da mio nipote, che si sentiva responsabile per il suo handicap. Secondo me, invece, Cip era più tondo e felice, e pur riuscendoci non si sarebbe azzardato mai più a librarsi verso il cielo, per non perdere quei privilegi.

Andrea era nato per dare il suo contributo al genere umano, al contrario di sua sorella Linda. Baciata in fronte dalla fortuna, perché nata bella come poche, aveva sposato un ricco imprenditore e passava il tempo a sperperare i soldi del marito – come darle torto, del resto? In qualche cosa doveva pur impiegare le sue energie.

È strano, tutto comincia a perdere i suoi contorni e si dissolve nella mia memoria... Provo a tenermi stretti i ricordi belli e i ricordi brutti.

Il mio primo cane lo vedo con chiarezza, si chiamava Betty ed era un setter inglese. Apparteneva alla mia vicina, che dopo due anni di affetto, si era scocciata di portarla fuori due volte al giorno e se ne voleva sbarazzare. Avevo pianto una settimana intera, prima che mia madre si convincesse a prenderla con noi, e avevo dovuto fare un sacco di solenni promesse: darle da mangiare, occuparmi del bagnetto una volta la settimana e delle passeggiate quotidiane… Ma non ci fu bisogno di impegnarmi, perché io e Betty in un paio d'ore entrammo già in simbiosi.

Ricordo anche mio marito: quando lo conobbi, mi sembrò bello come una divinità greca. Ricordo le mie scarpe rosse, ricordo Giulia che dice "mamma" per la prima volta. Ricordo… e in lontananza sento una voce alla televisione dire che è caduto il Muro di Berlino. Il mondo festeggia. Anni prima, quattro ragazzi cantavano con i capelli a caschetto: erano i Beatles. E che emozione la mia prima lavatrice, che fece da apripista a tutti gli altri elettrodomestici.

Ricordo con chiarezza anche la scuola in cui insegnavo durante il mio primo incarico, e i volti dei bambini pieni di speranza. Era il dopoguerra e, nonostante la povertà evidente, ci sentivamo in primavera tutti i giorni.

Una mattina arrivò una bambina nuova nella mia classe. Non rispose a nessun cognome, quando feci l'appello. La osservai ascoltare attenta la lezione: non aveva libri, solo un quaderno già usato, nel quale scriveva usando i fogli ancora bianchi. Il suo tesoro più grande erano una matita e un temperino. Dopo qualche giorno mi resi conto che non era un'alunna della scuola, e che doveva essere molto povera. Aveva i vestiti logori, ma era sempre pulita e con i capelli in ordine. Evitava con cura il mio sguardo, cercando di diventare trasparente per paura di essere smascherata. Mi faceva davvero tenerezza, con la sua voglia di imparare nonostante tutto.

Un giorno, quando suonò la campanella, l'intrusa provò a scivolare via nella confusione come sempre, ma prima che riuscisse a mimetizzarsi la chiamai.

«Come ti chiami?»

Lei tremò, e rispose con un filo di voce e il viso in fiamme: «Ma... Maria».

«Devi stare più attenta, Maria, non dimenticare le tue cose in giro. Stavolta sei stata fortunata, l'ho trovata io la tua cartella».

Tirai fuori da sotto la cattedra una cartella nuova, nella quale avevo messo il libro che le serviva, due quaderni e due matite.

Mi guardò perplessa.

«Non è mia, signora maestra».

Io la aprii, tirai fuori un quaderno e sopra ci

scrissi: Maria.

«Sì che è tua, c'è il tuo nome sul quaderno!»

Mi guardò con una gratitudine che ricordo ancora oggi. Ero diventata il suo passaporto per il mondo dei sogni. Dopotutto, Maria non si distraeva mai e imparava in fretta: memorizzava i numeri e le date in un istante, come un vero fenomeno. Sapevo che non sarebbe rimasta fino alla fine dell'anno scolastico, perché le famiglie più povere in quegli anni andavano a cercare fortuna all'estero, eppure rimase oltre ogni mia aspettativa.

Una mattina, mancavano pochi giorni alle vacanze di Pasqua, mi venne vicina per darmi un bacio sulla guancia e dirmi: «Grazie, signora maestra, non la scorderò mai».

Non andò verso il banco, ma verso la porta. Io la chiamai e, quando si voltò, le rivolsi un sorriso e un cenno con la mano. Mi veniva da piangere.

Sussurrai: «Buona fortuna».

Non ho mai smesso di ripensare a Maria, che in quei pochi mesi era stata capace di tirare fuori tutta la mia umanità, insegnandomi l'importanza di avere coraggio. Dopo averla conosciuta l'ho sempre avuto, quel coraggio. Ho tirato su decine di altri bambini come lei, che portavo a scuola clandestinamente per avviarli allo studio con l'arma più efficace di cui potevo dotarli: una matita.

Ecco chi sono stata, nella mia lunga vita: la maestra degli intrusi. Anno dopo anno mi sono sentita sempre più invincibile, li vedevo aggirarsi per le strade a perdere tempo con oggetti di fortuna e andavo a parlare subito con i loro genitori. Era una corsa contro il tempo, perché dovevano poi procurarsi un lavoro per aiutare la famiglia, però mi erano grati proprio come la loro mamma e il loro papà, perché almeno per un po' io li portavo in un luogo in cui potevano imparare tutto il possibile.

Adesso non riesco a ricordare quasi più niente. Sento solo tante voci che si sovrappongono. Andrea è ancora al mio fianco, non vuole smettere di lottare.

Mi mancherà la mia famiglia, mi mancherà il cielo al mattino, e forse più di tutto mi mancherà l'ultimo cioccolatino nella scatola, quello che aspetti di pregustare fin dall'inizio... Lo diceva anche Forrest Gump, la vita è come una scatola di cioccolatini: non sai mai quello che ti capita. La mia scatola è stata ricca e gustosa, però ora devo andare.

Una voce decisa chiede a mio nipote: «Ora del decesso?»

Lui non risponde.

Lo immagino immobile a fissare la scena come se fosse al cinema e tutto questo riguardasse il protagonista del film, non lui.

Un altro medico gli ripete le stesse parole, scandendole con grande dolcezza: «Andrea, ora del decesso?»

Lui mi stringe una mano e risponde con voce rotta dal pianto:

«È mia nonna, ha novantadue anni».

Il collega mormora qualcosa, poi dice a voce più alta: «Ora del decesso: 19:45».

E Andrea ripete: «Ora del decesso: 19:45».

La stanza 434

All'inizio di un agosto caldissimo e afoso, sul far della sera, giro la chiave nella toppa; finalmente sono a casa.

Il cellulare non la smette di squillare: è mia madre e, anche stavolta, decido di non rispondere.

Do un'occhiata al display: diciannove messaggi.

Scorro rapidamente i mittenti, parenti, amici... ci sono tutti. Anche chi non si fa sentire da mesi, perfino persone con cui non parlo più.

L'elenco telefonico al completo!

Vogliono sapere tutto, sperano di potermi strappare un particolare inedito, un dettaglio non ancora diffuso dal telegiornale: la posizione in cui ho trovato i cadaveri, se ho urlato, se c'era droga nella stanza.

Chiedono particolari scabrosi per soddisfare la loro morbosa curiosità.

«Era nuda o vestita?», mi domandano.

«Ha abusato di lei prima di ucciderla?»

«C'erano segni di violenza?»

Ma io non lo so… non so niente.

Ho fissato quel corpo e sono rimasta imbambolata a lungo. Solo dopo sono scappata via urlando.

Sono una cameriera io, una che lavora in un albergo di lusso, una che sistema il disordine che fanno quelli con i soldi.

Ma ora voglio solo dimenticare quello che ho visto, voglio fare una doccia e non dover più parlare di questa storia.

Eppure non riesco a smettere di pensare a quanto fosse giovane, che aveva tutta una vita davanti, una laurea, una famiglia benestante.

Bellissima, era bellissima.

E non riesco a pensare ad altro.

Oggi mi hanno cercato tutti, tranne lui. Lui no.

Non è più affare suo, è stato chiaro.

Ha detto basta e se n'è andato.

Ma adesso ho solo bisogno di mangiare qualcosa, non mi reggo in piedi.

Io domani ho la bolletta della luce che scade e l'affitto da pagare fra meno di una settimana.

Ecco, su questo dovrei concentrarmi… ma

chiudo gli occhi e rivedo quel corpo straziato e quel ciondolo a forma di croce ancora appeso al collo.

Identico al mio.

Identico a quello che mi aveva regalato lui.

Mi spoglio, lasciando cadere i vestiti per terra in modo isterico; spero di riuscire a fare lo stesso anche con i ricordi, quelli di stamattina e gli altri orribili che mi porto dietro.

Mi infilo sotto la doccia e l'acqua fredda mi dà un brivido di piacere. Mentre mi insapono i capelli, ho un guizzo di lucidità. In tutto ciò ho davvero rubato dei soldi? Sì, ho preso la banconota da cinquecento euro che era accartocciata vicino al cadavere, sporca di sangue. L'ho afferrata e me la sono messa in tasca prima di scappare via. La carta era ancora umida, e nel toccarla mi è venuto un conato di vomito che ho trattenuto a stento.

Quando esco dal bagno e la riprendo fra le mani, in camera da letto, realizzo che mi toccherà ripulirla. Magari resterà un po' sudicia, ma almeno penseranno che sia perché qualcuno l'ha toccata con le mani sporche di salsa, oppure di vernice. Dopodiché, dovrò disfarmene al più presto. Ci pagherò l'affitto e con il resto salderò la bolletta della luce.

Mi sembra la cosa più sensata, la più giusta. E

proprio per questo finisco per avere un attimo di esitazione. È da quando ero bambina che opto quasi meccanicamente per la cosa più giusta, come quando toglievo i mozziconi di sigaretta ancora accesi dalle dita di mia madre, dopo che si era addormentata ubriaca sul divano o peggio ancora sul pavimento. E proseguendo per la strada più giusta sono finita a fare la cameriera, ecco tutto. Una cameriera che litiga ogni tre per due con un uomo che probabilmente non l'ha mai amata davvero.

Sto per mettermi il pigiama quando sento scattare la serratura.

«Nicola?», chiedo a voce alta, un po' inquieta.

Lui risponde con un grugnito, mentre si avvicina a grandi passi alla camera da letto.

«Non avevi detto che non saresti più tornato?»

«Volevo solo dirti…»

Non finisce la frase perché appena entra la sua attenzione viene catturata dai soldi poggiati sul comodino. Me ne accorgo subito, ma faccio finta di niente e lo incalzo: «Volevi dirmi cosa?»

Nicola cambia tono all'improvviso, si sforza di suonare premuroso dopo la nostra ultima discussione.

«Avevo bisogno di dirti che a te ci tengo troppo, piccola. Ti ho vista al telegiornale, oggi, e non ho potuto fare a meno di raggiungerti. Chissà che paura avrai avuto...»

Si avvicina per baciarmi la fronte. Mi propone di andare a mangiare un hamburger da qualche parte, per distrarci un po' e per riappacificarci. Sono combattuta, ma alla fine accetto.

Mi porta in un locale che hanno aperto da poco. L'atmosfera è tranquilla, calorosa, c'è pure del jazz in sottofondo. Ordiniamo due panini e dividiamo una porzione di patatine, poi, appena il cameriere si allontana, Nicola prende le mie mani fra le sue e torna a ripetermi quanto sia importante, in questo momento, investire energia e denaro nella sua nuova attività. Dobbiamo crederci insieme, incalza, perché stavolta potrebbe trattarsi di un vero colpo grosso. Conoscendo la sua indole, immagino si tratti dell'ennesimo tentativo di comprare oggetti rubati e rivenderli al miglior offerente: un traffico illegale e senza futuro, nel quale non voglio più essere coinvolta.

Provo comunque a sorridere, senza fargli troppe domande. Bevo il vino rosso che mi hanno portato e continuo ad ascoltarlo mantenendo il contatto visivo. Poco dopo gli racconto per sommi capi l'episodio di stamattina, la mia paura, la bellezza devastante della ragazza morta. Naturalmente non parlo del ciondolo, né tanto meno dei soldi. Lui mi rassicura come può, recita la parte del fidanzato protettivo, però dalla tensione nella sua voce capisco che sta già facendo delle ipotesi su come quella banconota sia arrivata sul comodino, e che presto o tardi sarà lui a tornare sull'argomento. Il quadro è chiaro, ma proseguo il mio gioco discreto come il gatto fa con il topo. Non gli ho detto di avere messo i soldi in borsa prima di uscire, per non ricevere ancora più pressioni, eppure il topo si dimostra ancora interessato a me al punto da assecondarmi in ogni ragionamento, da lasciarmi mangiare con calma, da pagare il conto dopo essere andato in bagno.

Sulla via del ritorno inizia addirittura a baciarmi e ad accarezzarmi. Poi si ferma e butta lì con nonchalance: «Sai che prendo certe scelte per il nostro bene, per la nostra futura famiglia. Aiutami, piccola. Prestami qualcosa, e vedrai che sarà l'ultima volta che dovrò chiederti dei soldi. Entro un paio di settimane te li restituirò raddoppiati, anzi, triplicati!»

Lo fisso senza aprire bocca. In questo momento comando io. Non durerà per molto, ma voglio godermi la sensazione per bene e fino in fondo, esercitando su di lui tutto il potere di cui sono capace.

«Ma certo, Nicola. Posso darti cinquecento euro, vanno bene?»

Mi solleva con le braccia, mi fa fare una giravolta. Io lo abbraccio e lo bacio di rimando, mentre intanto capisco quanto a lungo abbia cercato di farmi passare per fessa, nascondendomi chissà quanti dettagli aberranti.

Nei pressi di casa mia si ferma a comprare le sigarette a un distributore automatico e gli squilla il cellulare. Mi allontano subito in direzione del mio palazzo, cercando al volo le chiavi nella borsa. Riesco solo a sentire che dall'altra parte c'è il suo amico e socio d'affari, quell'imbroglione da cui gli dico da anni di prendere le distanze. Nicola è contento di sentirlo, esclama trionfante che avranno i soldi per il loro progetto. Non riesco a capire altro della conversazione, anche perché ormai sono qualche decina di metri più in là e il mio sguardo è stato attirato da un barbone che rovista fra i cassonetti della spazzatura. Anzi, concentrandomi meglio noto che è una donna. Molto giovane, per di più. È sudicia e trascurata, ma avrà più o meno la mia età. La stessa della ragazza trovata morta nella stanza 434.

Allora, quando ho già aperto il portone, tiro fuori i soldi dalla borsa e glieli allungo mormorando: «Tieni, sono da parte di un'amica».

Dopodiché mi precipito dentro e salgo le scale con il fiato corto. È finita, mi dico appena mi richiudo la porta alle spalle. Stavolta è finita davvero.

La verità, però, è che è rimasto ancora un conto in sospeso. Il più importante. Torno in camera da letto e inizio a frugare nel portagioie. Il ciondolo dovrebbe essere nel ripiano più basso, vicino ai pendenti d'oro. Lo porterò da un orefice domani stesso, e la prima cosa in cui investirò sarà una serratura nuova di zecca, per evitare che Nicola metta di nuovo piede in questa casa. Dopo stasera abbiamo toccato il fondo, o meglio, forse l'ho toccato io quando ho capito di non poter contare su di lui. Quando ho visto come si era ridotto e ho avuto la conferma che non era tornato per tirarmi su, ma solo per sfruttare il mio malessere e riprovare a manipolarmi.

Cerco dappertutto, eppure il ciondolo non salta fuori. Sono sicura di non averlo mai spostato da lì, anche se per prudenza controllo nel comò e dentro tutte le borse.

Niente da fare.

Una parte di me vorrebbe solo cambiarsi, infilarsi a letto e chiudere gli occhi, rimandando a domani qualunque ipotesi. Un'altra parte, invece, co-

mincia a preoccuparsi. Per quanto ne so, il ciondolo potrebbe essere scomparso da giorni, o perfino
da settimane. Potrebbe essere finito nelle mani
sbagliate, o portato via dallo stesso Nicola dopo
l'ennesima lite. Ma perché avrebbe dovuto?

La vibrazione del cellulare mi fa quasi sobbalza-
re per lo spavento. È un messaggio di Nicola, che
decido di leggere subito. *Domani alle 9 al parco. Porta la banconota che avevi sul comodino.*

«Come no», borbotto fra me e me.

Non faccio neanche in tempo a rispondergli
che mi arriva una seconda notifica: *So che hai riconosciuto il ciondolo. Niente passi falsi.*

Lo capisco così, all'improvviso. Un intero puzzle che si ricompone nel giro di pochi secondi. Il
sopralluogo di Nicola di poco fa, la sua insistenza
per riavere i soldi: il movente del delitto, appare
ormai chiaro, è la gelosia, e Nicola ne è la causa.
Tutti i tasselli vanno al loro posto mentre sento un
nodo serrarmi alla gola.

Comincio a ricordare, sento le urla di dolore
della ragazza mentre mi guarda negli occhi chie-
dendomi di risparmiarla, e tutto accade dentro la
stanza insonorizzata 434.

«Oddio», riesco solo a balbettare, «e adesso?»

Le storie di ieri

Era bellissima, capelli lunghi castani,
occhi verdi che ti bucano l'anima,
un neo sulla guancia destra.

Pablo
Londra, tre marzo duemiladiciassette

Il suono della sveglia mi riporta alla realtà. Apro gli occhi e ci metto qualche secondo per ricordarmi che non devo alzarmi come tutte le mattine per andare in ufficio, oggi no, oggi devo prendere un aereo che da Londra, da casa mia, mi riporti dai miei a Madrid dove sono nato e cresciuto, dove non amo più tornare neanche per Natale, dove la vita non mi appartiene più.

Ma oggi devo farlo, alle sedici in punto sarà celebrato il funerale di mio padre.

Sento ancora la voce di mia sorella Carmen che risuona alle mie orecchie: «Pablo, papà è morto, un infarto stamattina, ho provato a chiamarti prima, ma avevi il telefono spento. Pablo, è terribile».

«Sì, Carmen, ero in riunione. Mi dispiace tanto».

In realtà non sono sicuro che mi dispiaccia così tanto, o meglio non mi emoziona per niente la notizia. Mi sento come quando apprendi dal telegiornale che è morto un personaggio famoso, un po' ti sorprendi, ma poi non ci pensi più e ordini il solito cappuccino ben schiumato al bar. Invece questa volta, anziché andare al bar per fare colazione, sono costretto a salire su un aereo per presenziare alla cerimonia funebre. Ne avrei pure fatto a meno, ma mia madre e mia sorella si aspettano che io ci sia, con tanto di abito nero ed espressione di dolore stampata sul volto.

Io e lui ci siamo parlati sempre poco.

Di quando ero piccolo ho pochi ricordi, zappava la terra come suo padre e come prima ancora aveva fatto suo nonno.

Usciva di casa la mattina all'alba e rincasava la sera, così stanco da non proferire quasi parola; poi diventai un ragazzo e le cose peggiorarono, smettemmo di non parlarci per cominciare a litigare su tutto.

Il fatto che io non avessi amore per la terra, ma volessi studiare e diventare architetto, per lui fu un tradimento. Non mi ha mai perdonato, non gli è bastato neanche il fatto che io sia diventato uno dei migliori e più pagati professionisti di Londra, falsa modestia a parte. Il suo unico figlio maschio era destinato a dargli dei nipoti, una discendenza. Ero obbligato a portare avanti il nome e le tradizioni della nostra famiglia, che per oltre un secolo si era spezzata la schiena nei campi con grandi sacrifici. La terra curata, coccolata e mai abbandonata aveva saputo negli anni ripagare le mani che l'avevano sempre amata, così da renderli contadini arricchiti. Ma un uomo rozzo, senza studi e con poca anima, per quanto ben vestito la domenica in chiesa, rimane sempre rozzo.

Questo lui era: un rozzo, ignorante, presuntuoso contadino.

Mi domando adesso, e per la prima volta in vita mia, se è mai stato felice, se era soddisfatto della sua vita o semplicemente non lo sapeva, non se l'era mai chiesto. Probabilmente ha fatto quello che gli era stato insegnato, che aveva visto fare agli altri uomini della sua famiglia. Ha fatto quello che doveva: sposare una donna, avere dei figli; il tutto scandito dall'alba, dal tramonto e dalle stagioni, che ti impongono la semina o il raccolto.

Mamma era diversa. Mia mamma con me è stata buona come è buono il profumo di una torta appena sfornata; è stata necessaria come un raggio di sole che entra dalla finestra quando sei costretto a fare i compiti e invece vorresti essere fuori a giocare al pallone.

Fra due ore e venti minuti dovrei atterrare.

In aeroporto troverò il marito di Carmen ad aspettarmi. Mia sorella è più grande di me di cinque anni, è una donna speciale, madre di tre figli, moglie devota e lavoratrice esemplare, fa il medico con grande passione. Da nostra madre ha ereditato il buonumore e la predilezione per le cose semplici.

Muoio di sonno e sono già infastidito al pensiero di dover sentire le domande di parenti e conoscenti che frugano nella mia vita e che dicono frasi di circostanza nel tentativo goffo di risultare confortanti.

Un'hostess mi passa vicino con il suo carrellino, mi chiede se gradisco qualcosa. Le rispondo: «Sì, un caffè, grazie». Ha gli occhi castani e i capelli biondissimi, ha un neo sulla guancia e questo mi fa tornare in mente Elisa, strana coincidenza. A lei di tanto in tanto, nonostante siano passati vent'anni, ci penso ancora.

Elisa è stata l'amore della mia vita, la donna con cui avrei desiderato condividere tutto e per sem-

pre. Ci incontrammo in Italia, a Roma, era il mille-
novecentonovantasette. Lei aveva ventidue anni,
era romana, io ne avevo ventitré ed ero a Roma
con il progetto Erasmus per studiare un semestre
alla Sapienza.

Ero arrivato nella capitale due mesi prima e già
ero diventato popolare, organizzavo feste di continuo e conoscevo una quantità smisurata di gente;
ero molto ricercato fra le ragazze, grazie anche al
mio aspetto belloccio e al sorriso da mascalzone.
Avevo l'imbarazzo della scelta, anche se finiva sempre allo stesso modo, con le loro lacrime e la mia
indifferenza totale per quello che a parere loro era
un rapporto stabile e secondo me solo un'amicizia
intima.

Vai a capire le donne! Basta uscirci insieme due
volte e sei già braccato.

Con Elisa invece fu diverso. La conobbi al bar, io
prendevo un caffè, lei invece non sapeva cosa ordi-
nare. Chiese prima un cappuccino, poi si corresse
dicendo al barista: «Anzi no, scusi, un latte macchiato, meglio senza caffè forse, niente lasci stare ho
poco tempo, solo un caffè ristretto».

La guardai e lei ricambiò; scoppiammo a ridere.
Era bellissima, capelli lunghi castani, occhi verdi che

ti bucano l'anima, un neo sulla guancia destra. Era stupenda, me ne innamorai ancora prima di parlarci.

Quando il barista le mise il caffè sul bancone, accennai a un brindisi con la mia tazzina e dissi: «Alle persone decise».

Lei mi imitò e aggiunse: «Molto decise».

«Mi chiamo Elisa», si presentò poi ammiccando.

«Piacere Elisa, io mi chiamo Pablo».

«Ah Pablo, come…»

«Sì, Pablo come Picasso.»

«Veramente non intendevo lui, ma Pablo come…»

«Pablo, andiamo si è fatto tardi», ci interruppe Francesco, il mio coinquilino. Francesco è palermitano, con un forte accento, inopportuno e a volte persino odioso, come in quel momento.

«Sì, arrivo», gli risposi scocciato.

Poi mi rivolsi a Elisa, sfoderando tutto il mio charme: «Elisa, devo andare, ma voglio assolutamente rivederti, sto facendo una ricerca sulle persone indecise e tu sei il prototipo ideale».

Lei scoppiò a ridere e mi disse, un po' per gioco e un po' sul serio: «Pablo, sei davvero un artista del rimorchio».

«Allora domani mattina alla stessa ora ti aspetto qui per decidere insieme cosa non prendere per colazione».

Lei scostò una ciocca di capelli dal viso e mi porse la mano: «Ok, a domani!»

La mattina seguente, *tan hermoso como el sol,* arrivai al bar con trenta minuti d'anticipo, e lei pure, dopo pochi istanti. Da quel momento trascorsi i restanti quattro mesi in Italia abbracciato alla sua anima, stretto al suo sorriso, con i suoi capelli lunghi e castani ovunque: mi scivolavano sul collo quando mi accarezzava, mi cadevano sulle labbra quando facevamo l'amore, e li attraversavo accarezzandoli con le dita quando parlavamo.

Facevamo tutto insieme, ridevamo molto, ci raccontavamo, ci confrontavamo, mettevamo i nostri sogni a nudo, le paure, i progetti, le aspettative sul futuro, eravamo onesti, veri, unici. Insieme eravamo un'entità strana, quasi una creatura mitologica formata dai nostri due corpi e da un unico sentimento, la felicità. Ero felice come non ero mai stato prima e come, purtroppo, fino a oggi non mi è più capitato di essere. La sua straordinaria intelligenza mi stregava e faceva andare il mio cuore alla deriva in un mare sconosciuto chiamato amore.

Lei studiava lettere e io la costringevo spesso a leggere per me qualche passo dei grandi classici. L'Inferno di Dante interpretato da Elisa in pigiama seduta sul letto a gambe incrociate mentre mangiava un pezzo di cioccolato o fumava una sigaretta, anche se non capivo tutto perché l'italiano del 1300 per uno spagnolo come me era pur sempre difficile, era lo spettacolo più bello che avessi mai visto e sentito.

Poi una mattina ci svegliammo dal nostro sogno.

Preparavo la caffettiera in cucina, lei entrò con gli occhi lucidi, sconvolta, e mi disse: «Pablo, fra venti giorni andrai via, tornerai a Madrid».

«Lo so» risposi, e solo all'idea mi sentivo morire.

Lei piangeva e fra le lacrime come in un delirio disse: «Abbiamo sbagliato tutto. Lo sapevamo che non dovevamo innamorarci, il cammino della vita è ancora troppo lungo per ipotecarlo».

Cercai di non piangere anch'io e le risposi: «Eli, ti telefonerò tutti i giorni e tornerò a Roma ogni volta che mi sarà possibile, potrei venire a vivere qui, anzi già ci penso da un po', voglio trasferirmi in Italia».

Ero sicuro, il mio posto era lì, accanto a lei, per sempre. Lei smise di piangere, e abbracciandomi mi sussurrò: «Pablo sei l'amore della mia vita, lo sarai sempre, ma finiremo per dimenticarci presto, o peggio per ricordarci come poco importanti se adesso mentissimo e ci promettessimo quello che mai accadrà».

E lì capii che aveva ragione.

Qualche giorno prima di partire, ricordo che le chiesi: «Eli, quando ci siamo conosciuti, prima che Francesco ci interrompesse, stavi dicendo che mi chiamo Pablo come... sai che non me lo hai mai detto, Pablo come?»

E, come solo lei avrebbe potuto fare, rispose: «Ovvio, Pablo come la canzone di Francesco De Gregori».

«Si pregano i signori passeggeri di allacciare le cinture di sicurezza.» La voce dell'hostess mi riporta alla realtà, al funerale di mio padre, così lascio andare i miei pensieri e le storie di ieri. Comincio ad agitarmi, mi sale un misto di rabbia e di paura. Sto per sudare freddo. Non voglio andare in chiesa, non ho proprio voglia di assistere, di vedere mia madre piangere. Non ho voglia di dire addio a chi, in fondo, neanche conoscevo e che non sapeva molto di me. Se gli avessero chiesto come prendo il caffè non avrebbe saputo rispondere. Pensandoci bene non ricordo un gesto d'affetto; nelle rare volte che tornavo a casa, mi salutava con una pacca sulla spalla. Non era cattivo, era solo incapace di provare affetto. Era difficile stargli accanto. Lui non sapeva amare la sua famiglia e io rispondevo con l'indifferenza, la stessa che provo oggi per un evento così tragico.

Appena sbarcato, trovo mio cognato, ci abbracciamo. Lui mi chiede: «Il tuo bagaglio?»

Rispondo in tutta fretta: «Avevo intenzione di ripartire domani stesso, mi basta solo questo borsone!»

È lo stesso che uso per andare in palestra, ho buttato dentro quattro cose: l'abito scuro, i mocassini neri, una camicia pulita, calzini e mutande, non pensavo che mi servisse altro.

Fisso il marito di Carmen, è sinceramente dispiaciuto e forse stanotte non ha chiuso occhio, ha un pessimo aspetto. Mentre lo guardo, mi rendo conto che non dovrei proprio essere lì. Faccio un respiro profondo e prima di sapere cosa sto per dire esclamo: «Riparto subito per Londra, non verrò al funerale».

Elisa
Roma, sette marzo duemiladiciassette

È la sveglia che suona, come tutte le mattine alla stessa ora: le sette. La mia libreria è proprio sotto casa, a due passi, potrei svegliarmi più tardi, ma mi piace rotolarmi almeno mezz'ora fra le lenzuola prima di prendere il caffè, il primo di una lunga serie, e poi amo fare le cose con calma: scegliere cosa mettere prima di fare la doccia ascoltando un po' di musica e cantare mentre mi preparo mi dà la carica giusta. Sono felice della mia vita anche se non credo di aver assecondato il mio destino. Ho aperto una piccola libreria che mi rende molto soddisfatta, sono la *bella libraia* del quartiere, così mi chiamano tutti, e io mi schermisco con falsa modestia, so di essere bella e me ne compiaccio.

Stamattina sto ascoltando Francesco De Gregori, e mentre canto insieme a lui la mia mente vola a ricordi lontani, a momenti che sono rimasti incisi sulla pelle come cicatrici. Sfuggo ai pensieri e mi precipito a fare la doccia, meglio sbrigarsi e scappare da quello che non ha più ragione di esistere neanche nei ricordi. Quarantacinque minuti dopo sono pronta a uscire.

Davanti alla porta, prima di infilare la giacca, vedo con la coda dell'occhio un libro fuori posto sulla mensola, lo sistemo in fretta ed ecco che ne cade un altro, lo raccolgo, è uno dei miei preferiti: *Il Gabbiano Jonathan Livingston* di Richard Bach. Lo trovo straordinario, è un libro che con grande semplicità racconta l'evoluzione nel superare i propri limiti, impegnandosi per la realizzazione dei propri sogni. Dal libro scivola via una busta ingiallita, ancora chiusa: avrà circa vent'anni, è di Pablo. Non l'ho mai aperta e forse mai lo farò, dapprima perché temevo di rimanere delusa e che ciò che vi era scritto potesse tradire le mie aspettative d'amore, poi perché avevo paura di non riconoscerlo nelle sue parole e di trovare un estraneo al suo posto, e infine per non farmi del male.

La accarezzo come se fosse una cosa preziosa, e di fatto lo è, è un oggetto dal valore inestimabile. Lì dentro, fra la carta e l'inchiostro, c'è un pezzo del mio cuore. Ci eravamo ripromessi di non telefonarci o scriverci e così abbiamo fatto: solo questa lettera, per spiegare e lasciare una traccia del nostro amore, a testimoniare che è successo realmente e non era un sogno. Ricordo la sera prima della partenza, quando me la diede; disse solo: «Impegnati ad essere felice, io farò lo stesso».

Io mi sono impegnata, sono stata e sono felice. Ho fatto delle scelte, sempre fedele a me stessa, scommettendo sulle mie idee, seguendo il mio percorso di vita, certe volte ho sbagliato strada, ma poi ho saputo rimettermi in carreggiata compiendo degli sforzi e altre volte, invece, ho avuto la strada sgombra da ostacoli e ho potuto godermi il panorama.

Spero che anche Pablo abbia tenuto fede alla sua promessa, si sia impegnato a essere felice e ci sia riuscito. Lo immagino un architetto importante a capo di un grosso studio, questo era il suo sogno, il suo futuro era già scritto a chiare lettere; un ragazzo brillante e dotato di grandi capacità come lui non avrebbe potuto fare altro che diventare un uomo di successo.

Sono le venti, chiudo la libreria e scappo a casa a preparare la cena. Mario, il mio fidanzato, arriverà puntuale come sempre, alle venti e trenta. È un uomo molto preciso, è sempre di buonumore, ha un bell'aspetto, curato. Lavora come grafico pubblicitario per un'azienda. Mi ama e si impegna in modo maniacale per fare di me una donna felice, sa ancora prima che lo sappia io cosa desidero e quello di cui ho bisogno. Venti e ventinove: suona il citofono, non chiedo nemmeno chi è, apro e basta. Il tempo che impiega l'ascensore a salire, dopo neanche due minuti il campanello della porta: è lui con il suo sorriso fantastico e una bottiglia di vino. Mi bacia e mi chiede come è stata la mia giornata:

«Tutto bene, tesoro. La tua?»

Mi precipito in cucina a spegnere il fornello prima che bruci la salsa.

Mi segue e mi gironzola intorno. Poi a bruciapelo, mentre apre il vino, mi chiede con tono imbarazzato: «Elisa, a proposito di quello di cui abbiamo parlato qualche giorno fa… insomma, siamo adulti, stiamo insieme da due anni ormai, dovremmo prendere un appartamento più grande e vivere insieme. Ci sono vestiti e cose tue a casa mia e lo stesso è per me da te, lasciamo e dimentichiamo le cose, sembriamo due vagabondi. L'altra sera ho lasciato qui le chiavi di casa, sono dovuto ritornare nel cuore della notte».

«Avresti dovuto dormire qui, te lo avevo detto che era tardi per tornare a casa tua».

«Dovevo alzarmi presto, e poi non è questo il punto», ribatte mentre si porta una mano ai capelli tirandoli indietro come fa ogni volta che vorrebbe alzare la voce ma si costringe a mantenere la calma, credo che sia un modo per tranquillizzarsi, quasi una carezza di conforto.

«Aspetta Mario, sto cucinando, fammi finire e dopo ne parliamo». Cerco di prendere tempo. In verità non so se sono pronta a dividere una casa con lui, non voglio certo perderlo, ma non posso neanche forzarmi a una convivenza; del resto così stiamo bene, come gli salta in mente di turbare il nostro equilibrio!

Suona il mio cellulare, mi sembra un miracolo che qualcuno mi stia togliendo da questo impiccio. È mio fratello Roberto, ha dieci anni meno di me ed è il mio grande amore. Rispondo con tono di festa come faccio ogni volta che leggo il suo nome sul mio telefono: «Ciao Roby».

«Eli, ci siamo, Elvira ha le contrazioni, la sto portando in ospedale, avverti tu mamma e papà. Ci vediamo lì». È confuso e agitato, lo sento singhiozzare, è il suo primo figlio e sarà il mio primo nipote, sono così emozionata.

Fisso Mario con gli occhi sgranati, lo afferro per il braccio e urlo: «Andiamo, Clara sta per nascere!»

Arriviamo correndo in ospedale come se fossimo degli atleti che devono tagliare il traguardo. Mamma e papà sono già lì, hanno i cellulari incollati alle orecchie, stanno avvertendo tutto il pianeta. Mio fratello mi viene incontro a passi lunghi, ci abbracciamo, lo bacio su una tempia come facevo quando era piccolo prima di dormire.

«Finalmente sei qui», dice.

Io e lui siamo molto legati, per certi aspetti è il figlio che non ho mai avuto. Mentre mia nipote viene al mondo, penso alla vita che si rinnova, che ci rende tutti felici, sembriamo più belli, più giovani, persino mio padre stasera è più arzillo del solito. Lui che farebbe diventare la sua poltrona patrimonio dell'Unesco corre da una parte all'altra, quasi stento a riconoscerlo.

Faccio il punto della situazione con me stessa mentre guardo Mario. Mi fissa come un cucciolo al canile che vuole farsi adottare e capisco che non posso condannarlo a una vita da ospite.

La notte è stata lunga, mia nipote ha deciso di venire al mondo all'una e quarantacinque del mattino; sono le quattro e finalmente potrò infilarmi nel mio letto, ma prima ho bisogno di bere un bicchiere d'acqua. Mentre vado in cucina, mi fermo un attimo in soggiorno, da qualche parte ho lasciato le mie sigarette, eccole, accanto alla lettera di Pablo. Stamattina ho dimenticato di riporla dentro il libro, la prendo in mano e faccio per posarla, ma in quel momento una strana sensazione mi prende, il cuore comincia a battere più forte, le mani sudano.

La apro, dentro c'è un foglio di carta un po' ingiallito, nessuna traccia di inchiostro, non c'è scritta neanche una parola. Distendo il foglio che è piegato in due per controllare meglio – non può essere che abbia conservato per vent'anni con amore un pezzo di carta bianco – e poi eccole lì, tre fototessera: io e Pablo insieme, sorridiamo, le nostre guance incollate.

Ricordo perfettamente quando le abbiamo fatte ero seduta sulle sue ginocchia, lui mi abbracciava stretta e mi faceva il solletico.

Noto subito che una è stata tagliata via e capisco che l'ha tenuta per lui.

Passo sveglia il resto della nottata, mi rigiro nel letto, mi alzo e mi rimetto a dormire un numero infinito di volte, passeggio per casa, fumo, accendo la televisione, mangio un pezzo di cioccolata, mi faccio una camomilla, infine torno in soggiorno, accendo il portatile, inserisco il suo nome sui vari *social*.

Non lo trovo, le provo tutte, poi sconfitta provo la prima cosa che mi sarebbe dovuta venire in mente, faccio un tentativo su Google ed eccolo lì, Pablo Rojas, studio di architettura a Londra. Si sono fatte le sette, suona la sveglia, la spengo e mi preparo, non accendo la musica stamattina, ho troppi pensieri in testa che fanno confusione. All'ora di pranzo torno a casa per dormire un po', sono distrutta; che nottata surreale, ho un gran sonno. Mi telefona Mario alle tredici e trenta puntuale, come tutti i giorni, decido di parlare con lui a quattr'occhi e seriamente stasera stessa, vogliamo cose diverse ed è giusto che ognuno di noi prenda la propria strada.

«La mia strada, – mi dico – la mia strada», e me lo ripeto varie volte finché scatto in piedi, prendo il computer, cerco il numero di telefono dello studio di Pablo e chiamo. Risponde la segretaria, chiedo di lui, menomale che il mio inglese è abbastanza scorrevole così non faccio fatica a ottenere quello che voglio. Nell'attesa mi viene in mente che potrebbe essere sposato e infastidirsi, potrebbe pensare che dopo vent'anni sono pazza a cercarlo, potrebbe aver dimenticato chi sono, sto facendo una stupidaggine, è meglio riattaccare. Chiudo la telefonata.

Sorrido fra me e me, accendo la musica, e ritorno alla mia vita e al presente, così lascio andare *Le storie di ieri.*

U mali fora

Restando dentro le lenzuola mi misi a sedere sul letto e guardai fuori dalla finestra: riuscivo a vedere il mare che mi tentava, con il sole ormai alto nel cielo. Avevo preso l'abitudine di alzarmi tardi, io che ero sempre stata mattiniera e già alle sei, in tenuta ginnica, non mancavo mai di fare la mia corsetta sul lungomare. Ora invece ero lì, senza poter fare altro che non fosse guardare il mare che mi tentava in quella primavera inoltrata.

Non si poteva uscire; eravamo in quarantena. Un male ignoto minacciava il mondo intero e l'unica difesa era restare chiusi in casa; per me, animale sociale, da salotto, da chiacchiere, da abbracci facili con gli amici, restare relegata era quanto di più crudele si potesse immaginare.

Forse il mio karma mi stava punendo per aver usurpato sistematicamente e senza nessuno scrupolo il posteggio del mio collega, lasciandogli in cambio il mio di gran lunga più scomodo.

Guido entrò in camera: «Dormigliona, alzati! Facciamo colazione insieme».

Guardai mio marito: non era bello ma a me piaceva, soprattutto non sapevo resistere al suo sorriso e, se mai ci fosse stato un premio per l'uomo migliore al mondo, lui lo avrebbe vinto con distacco.

La proposta era allettante ma volevo farmi coccolare un po' così mi infilai sotto le lenzuola e dissi: «Vai avanti tu ti raggiungo dopo».

«Poche chiacchiere signora, ci vediamo fra dieci minuti: ho già apparecchiato fuori sulla veranda», rispose implacabile e uscì dalla stanza.

Non mi restava che obbedirgli.

Lo raggiunsi in balcone e osservai compiaciuta la tavola preparata con cura.

Gli sorrisi mentre prendevo posto di fronte a lui, poi girai come al solito la testa verso il mare. Quella mattina era magnifico, calmo e pigro ondulava accarezzando gli scogli.

La natura indifferente seguiva il suo corso.

Io e Guido abitavamo ad Acitrezza, in una casa in prossimità del mare appartenuta ai suoi nonni e prima ancora ai suoi bisnonni. Da qualche tempo avevamo preso l'abitudine di lasciare il nostro appartamento al centro per passarci l'estate, poi la primavera, il Natale, la Pasqua, tutti i weekend e infine, senza rendercene conto, avevamo traslocato lì definitivamente. I nostri mobili erano rimasti a Catania, non ne avevamo sentito la mancanza nel nostro paradiso fronte mare arredato con i mobili antichi della nonna, con i Faraglioni che ci proteggevano; almeno così mi sembrava quando li guardavo dalla terrazza e mi perdevo nelle mie fantasticherie. Le leggende narrano come in realtà siano le pietre lanciate da Polifemo contro Ulisse per bloccarne la fuga.

Amavo quella casa dove tutto mi sembrava così romantico e dove la vita aveva un sapore diverso. Si viveva immersi nei cari ricordi, nelle storie d'amore e di vita dei bisnonni di Guido. Loro avevano vissuto in quella casa da quando si erano sposati. Quel posto aveva visto nascere i loro quattro figli, lì avevano giocato i loro nipoti, avevano trovato calda ospitalità i parenti numerosi sparsi qua e là per il mondo, quando ogni tanto facevano ritorno in Sicilia.

La casa era una grande villa su due livelli con un giardino tutto intorno e un piccolo orto nella parte interna con una pianta di vite e un *peri di ficu* centenari.

Un paradiso per passare la quarantena. Non potevo lamentarmi.

Guido da ragazzo aveva fatto lo speaker radiofonico in un'emittente all'epoca molto conosciuta nella provincia etnea dato che negli anni Novanta era di moda seguire le hit parade musicali alla radio. Questo gli aveva dato una certa notorietà, specie tra le ragazze: la sua voce calda e la sua dizione perfetta lo rendevano ai loro occhi irresistibile.

Amavo la sua voce e di tanto in tanto gli chiedevo, come fanno i bambini, di raccontarmi una storia. Lui mi accontentava felice di ritrovare nei miei occhi la stessa ammirazione di un tempo e attingeva al patrimonio di famiglia che a questo proposito era molto generoso.

Conoscerci, innamorarci, sposarci era stato come un sogno a occhi aperti, il tempo aveva sbiadito la passione fra noi ma non l'aveva spenta del tutto.

Anche quel giorno, dopo aver liberato la veranda dai resti della nostra colazione, gli chiesi di raccontarmene una.

Guido sedette sul dondolo e mi fece segno di andare accanto a lui

«Ti racconterò la storia di Saretto e Adelaide, i miei bisnonni», mi disse.

«Ma la tua bisnonna non si chiamava Ida?», gli chiesi incuriosita.

«Sì è così, ma il suo nome per intero era Adelaide Maria Vittoria Agata Scammacca, principessa del Ducato di Acitrezza».

«Una principessa?», esclamai stupita. «Ma allora il tuo bisnonno Saro era un principe?»

«No, lui era figlio di *piscaturi,* i suoi genitori erano poveri, riuscivano a stento a mettersi in tasca qualche lira con il pescato del giorno e, come se non bastasse, la famiglia era numerosa. Il bisnonno Saro era il secondogenito, la prima, una femmina, morì nell'epidemia di *spagnola* che un secolo fa, negli anni successivi alla prima guerra mondiale, uccise tanta gente e in breve diventò una pandemia, proprio come quella che oggi ci costringe a stare in casa».

Mi accoccolai accanto a Guido già conquistata dalla sua storia mentre lui guardava il mare e continuava a raccontare.

****

I poveri furono le prime vittime poi toccò anche agli altri. La malattia non fa differenza di ceto sociale. La famiglia di Saro fu tra quelle colpite più duramente. Dopo la sorella, si ammalò il padre che fu portato a Enna in un ospedale adibito per il ricovero degli infetti. Saro così si trovò all'improvviso a capo di una famiglia, come ti dicevo, numerosa.

Dopo di lui c'erano altre due sorelle, due gemelli maschi e infine la piccola ancora in fasce, nata appena sei mesi prima dell'epidemia. Sei bocche da sfamare e nessuno ancora in età da poterlo aiutare nel suo lavoro di pescatore.

Ogni mattina all'alba, quando la sua barca rientrava nel porticciolo, Saro alzando gli occhi, si trovava sempre davanti Villa Scammacca che dall'alto della collina dominava il borgo di Trezza. Aveva saputo che il principe era stato portato in ospedale a Palermo e che la moglie lo aveva seguito.

Erano rimaste nella villa la figlia con la governante e due guardiani fedeli che si davano il cambio nella sorveglianza. Anche per gli Scammacca erano arrivati i tempi di magra. La guerra prima e la *spagnola* poi avevano quasi prosciugato il cospicuo patrimonio del casato. Nella villa tuttavia c'erano ancora oggetti di valore che potevano rappresentare una tentazione per chi, come Saro, era vicino alla disperazione.

Fu così che una notte il giovane si introdusse nella proprietà degli Scammacca. Entrò nella grande sala della villa e infilò in un sacco che si era portato dietro argenteria, oggetti preziosi e tutto quello che di valore riuscì a trovarvi. Poi silenzioso come era arrivato, ritornò nel giardino, pronto a scavalcare il muro di recinzione ringraziando la sorte che aveva fatto sì che i guardiani non si accorgessero della sua presenza.

Ma a un tratto nel buio si alzò una preghiera dolce e malinconica:

"O Santissima Matri Divina,
ca di lu cielu e a terra siti la rigghina
c'è stu mali ca camina,
'ncatinatilu ca vostra catina.
Mannatulu luntanu, luntanu,
e cchi vostri mani forti chiuditici i potti;
u vostru mantu nni cunsola
niautri intra e stu malu fora!"

Saro ne fu ammaliato e, dimentico di tutto, invece di fuggire, si rivolse in direzione di quella voce.

A un tratto la vide: illuminata dal chiarore lunare, una giovane stava seduta tutta sola su una panca e recitava la triste supplica alla Madonna. Saro a quella vista si pentì subito della sua azione; lasciò scivolare in terra la refurtiva e stava per andare via, quando la giovane si accorse della sua presenza ma invece di esserne impaurita lo chiamò.

«Chi va là, chi siete? Fatevi riconoscere o chiamo aiuto!»

«Signora, per carità, mi pento delle mie azioni. Lasciate che io me ne vada. Ecco, in questo sacco ci sono le cose che ho preso poco fa nella vostra casa. Me ne pento e ve le restituisco. Io non sono un disonesto ma solo un povero disperato che non riesce più a dare da mangiare alla sua famiglia».

La luna, uscendo in quel momento dalle nuvole, illuminò i due giovani.

«Alzatevi», disse la ragazza.

Saro ubbidì.

«Datemi quel sacco», ordinò la giovane.

Saro assecondò quella richiesta. Lei lo aprì, prese a caso il primo oggetto che le venne in mano. Era un candeliere d'argento.

«Tenete», disse porgendoglielo. Si guardarono per un attimo negli occhi, poi lei si girò e andò via lasciandolo solo nella notte.

Fu un anno molto triste quello, ci furono molti lutti, ma dopo la notte spunta sempre l'aurora. Ci sono notti lunghe e fredde, dure da sopportare ma l'alba arriva puntuale per rischiarare sempre ogni cosa.

La famiglia Scammacca superò quel momento critico ma non fu lo stesso per quella di Saro, che aveva perso una sorella e il padre mentre la madre non si riprese mai più dalla *mala nova* che si era abbattuta sulla famiglia.

Erano passati diversi mesi ormai dalla fine dell'epidemia e una mattina la mia bisnonna volle andare al mercato del pesce con la sua governante.

Le piaceva vedere le barche che tornavano dalla pesca e quel giorno, che era quello del suo quindicesimo compleanno, la governante era stata incaricata di comprare il pesce spada più grosso che avrebbe trovato. Lo avrebbero preparato i cuochi per la grande festa con cui si sarebbe festeggiato l'evento.

Arrivarono al porto proprio nel momento in cui le barche rientravano con il pesce appena pescato. La prima, *A Stidda do Celo*, era quella di Saro. La governante gli si avvicinò: «Hai pesce spada?»

«Sì signora, quattro belli grossi».

La donna fece un cenno di assenso col capo: «Va bene li prendo», disse.

«Ho la barca piena, piena anche di *masculini*», aggiunse Saro speranzoso e in quel momento i suoi occhi incrociarono quelli della principessa. Fu un attimo perché lei distolse subito lo sguardo presa da un forte imbarazzo alla vista di quel ragazzo dalla pelle abbronzata con i capelli ribelli.

La governante non si era accorta di niente. «Porta tutto alla Villa Scammacca, lì qualcuno penserà a pagarti», disse con voce autoritaria al giovanotto.

Saro, a sentire nominare la villa fu colto da un brivido freddo che lo attraversò da capo a piedi e in un attimo ricollegò ogni cosa. La ragazza accanto all'anziana signora doveva essere quella che aveva incontrato quella sventurata notte nel giardino della villa, anzi più ci pensava più ne era convinto ma abbassò lo sguardo per non manifestare il suo turbamento e mormorò solamente: «Ai vostri comandi signora».

****

In quel momento il telefono di Guido suonò, interrompendo il suo racconto. «Si Carlo, aspetta che controllo», disse alzando gli occhi al cielo.

Carlo era un amico di famiglia e socio di Guido nello studio di grafica pubblicitaria che avevano messo su da diversi anni.

Guido si alzò e si diresse al piano superiore, perciò non riuscì a sentire il resto della loro conversazione ma poco importava. Il sole mi offriva la sua carezza, la sua forza e mai come in quel momento ne avevo bisogno. Sentivo che questa prigionia forzata stava mettendo a dura prova i miei nervi; avevo bisogno di camminare fra la gente. Erano venti giorni che io e Guido vivevamo a stretto contatto, cosa che non succedeva nella nostra quotidianità prima dell'epidemia. Sebbene lui fosse molto amorevole, io avevo bisogno di spazio e soprattutto di riprendere i miei ritmi frenetici, di tornare in studio per seguire l'ultimo incarico; avrei dovuto occuparmi della direzione di un residence sul mare vicino la zona balneare della Playa. Pensai che se fossi stata costretta a restare chiusa in casa ancora a lungo sarei impazzita.

Guido ritornò distogliendomi dai miei pensieri.

Fece per sedersi sul dondolo accanto a me ma gli dissi: «Amore, ti dispiace se mi prendi gli occhiali da sole? Devo averli lasciati sul comò in camera».

Mi sorrise. Posò il telefono sul dondolo e si avviò.

È proprio il marito migliore del mondo, pensai, mentre il suo telefono vibrò nuovamente. Lo presi e lessi l'anteprima del messaggio: *Amore mi manchi.* Mi ero sbagliata: Guido era proprio il marito più stronzo del mondo!

Il mittente era Carlo e per un attimo credetti di svenire ma cercai di ricompormi.

Guido intanto era tornato e mi porse gli occhiali. Lesse l'anteprima sul telefono ma non fece una piega. Lo posò e riprese a parlare ma era come se d'un tratto parlasse un'altra lingua per me incomprensibile.

Mi alzai e come un automa entrai in casa. Presi il mio cellulare e telefonai a Carlo. Lui rispose subito. «Marina, buongiorno, ti avrei chiamato più tardi. Come va la vostra quarantena? Io e Giorgia, se continuiamo a vivere reclusi, chiederemo il divorzio».

La sua voce era cordiale. Lui era un uomo allegro e positivo, lo era sempre stato e anche in questa situazione di emergenza non si smentiva. Adesso rideva e continuava a scherzare mentre io, sprofondata in una specie di incubo, riuscivo a stento a mettere insieme i miei pensieri.

Non potevo crederci ma Guido mi tradiva.

«Carlo, devo andare. Ti richiamo», lo interruppi ad un certo punto e chiusi bruscamente. Rimasi come pietrificata.

«Amore tutto bene?»

Guido, non vedendomi tornare, mi aveva raggiunto.

E aveva il coraggio di chiamarmi amore!

Non risposi e lui insistette: «Amore stai bene?»

Era il colmo. Mi girai e con calma scandii in modo che non ci fossero dubbi: «Con chi mi tradisci?»

Lui rimase per un attimo senza sapere cosa dire, proprio lui che era così bravo a raccontare storie! Poi tentò di giustificarsi ma io ormai ero fuori di me. Persi ogni controllo. Iniziai a insultarlo, a urlare. Avrei voluto ucciderlo. Cominciai a tirargli contro tutto quello che trovavo a portata di mano, e intanto piangevo e mi spostavo per casa mentre lui mi veniva dietro, e mi parlava ma io non lo ascoltavo più. Riuscivo solo a dire come un disco rotto: «Chi è? Da quanto?» E ancora: «Da quanto? Chi è?»

Poi mi rifugiai in bagno e mi chiusi dentro.

Guido dapprima iniziò a parlarmi da dietro la porta, prima a pregarmi e poi a ordinarmi di uscire fuori.

«Stai zitto!» gli urlai.

Smisi di rispondere e mi accasciai per terra, con le spalle poggiate alla porta piangevo. Scese il silenzio interrotto solo dai miei singhiozzi. Passò circa un'ora e eravamo ancora lì immobili, seduti per terra con una porta che ci divideva. Poi Guido cominciò a parlare: «Si chiama Erika; era una mia compagna di classe al liceo; l'ho rivista l'anno scorso in una cena con tutti gli ex compagni. Tu non sei venuta perché dicevi di essere stanca. Lei si era appena separata. Abbiamo cominciato a sentirci sempre più di frequente. Ci facevamo compagnia, spesso la sera quando tu fai tardi e mi lasci solo».

«E questo ti ha autorizzato a mettermi le corna?», gli chiesi inferocita.

«Non ho mai avuto l'intenzione di tradirti, ma io… lei mi è stata vicino e, non so come, le cose sono arrivate a questo punto».

«Te lo spiego io come», gli dissi sarcastica. «Ti sei slacciato i pantaloni e tirato giù le mutande. Ecco come siete arrivati a questo punto!»

Ci fu ancora silenzio. Poi, dopo una mezz'ora circa, dei rumori: si era alzato. Pensai che si fosse stancato e se ne stesse andando, invece sentii che tornava a sedersi, e il rumore dell'accendino. Ad un tratto riprese a parlare. «Marina, tu mi ami ancora?», mi chiese.

«Dopo quello che mi hai fatto, anche me lo chiedi?», gli risposi brusca. «Se sono ancora in questa casa è perché non posso uscire per via della quarantena, altrimenti me ne sarei già andata da un pezzo».

«Esci pure, allora», mi disse. «Prometto che non cercherò di avvicinarmi; me ne starò nello studio o comunque in posti dove non potremo vederci né comunicare».

Mantenne la parola. Per quindici giorni, sebbene abitassimo nella stessa casa, non ci incontrammo mai. Lui si trasferì al piano di sotto, io in quello di sopra e per la cucina turnavamo in modo perfetto.

Eravamo in quarantena nella stessa casa, eppure soli in una convivenza forzata e senza amore, senza gioia. Eravamo prigionieri del nostro rancore. Il silenzio che regnava fra noi era pieno di domande non formulate, di risposte mai date, di quello che sarebbe potuto essere e non sarebbe mai stato. Passavo le mie giornate guardando la TV; i social erano la mia unica distrazione. Avvertivo un dolore fisso allo stomaco che mi divorava come una belva feroce che si cibava della mia anima. Non potevo neanche dirlo a nessuno, a cosa sarebbe servito, specie adesso che tutti eravamo in quarantena?

Un pomeriggio, erano più o meno le quattro, tanto per ingannare il tempo decisi di provare la maschera *anti-age* per il viso che la mia migliore amica mi aveva regalato per Natale. Seguii scrupolosamente le istruzioni e dopo il tempo stabilito andai in bagno a risciacquare il viso.

Ad un tratto mi bloccai: l'immagine che mi rimandava lo specchio mi lasciò pensierosa. Studiai le mie nuove rughe; l'espressione da ragazza che sfida il mondo con la sua sfrontatezza aveva lasciato il posto a quella di una donna ormai matura. Avevo quarantacinque anni ma a quanto pare me ne accorgevo solo adesso. Mi guardai ancora per un attimo allo specchio poi uscì dal bagno, afferrai il telefono e mandai un lungo vocale a Guido. Sarebbe stato più corretto scendere le scale e parlargli guardandolo negli occhi ma non ne avevo la forza. Lui non mi rispose e io sapevo il perché: non mi ero certo risparmiata nei termini.

Lo fece l'indomani così cominciò fra noi una corrispondenza fatta di messaggi vocali nei quali lui si scusava e io lo facevo a brandelli.

Una sera, intorno all'una di notte, ne mandò diversi, tutti lunghissimi. Il tenore stavolta era diverso: aveva ripreso a raccontarmi la storia dei suoi bisnonni.

Ci sarebbe stato da ridere se le cose non fossero state talmente tragiche: l'uomo che mi aveva tradita e si era preso gioco di me, mi raccontava la storia d'amore di Saro e Ida che si erano amati qui, ad Acitrezza, nella stessa casa dove adesso di amore ce n'era ben poco!

Il primo messaggio era scritto e diceva così:

"La pianta e l'albero che ci sono in giardino, sono molto diversi tra loro. Uno è una vite e dai suoi grappoli viene estratto il nettare nobile che è il vino. L'altro è un fico e i suoi frutti, brutti e latti-ginosi, si appiccicano alle dita ma sono dolci come il sole che li ingrassa d'estate; le loro radici nasco-ste dalla terra sono intrecciate come in un abbrac-cio centenario".

Poi inviò il primo vocale seguito in successione dagli altri. Non seppi resistere e li ascoltai tutti.

****

I giorni passarono ma il giovane pescatore non riusciva a dimenticare la ragazza, anzi, più passava il tempo più aumentava il desiderio di volerla rive-dere, sino a quando una notte, senza starci a pen-sare, si recò alla villa.

Sapeva che questa volta gli sarebbe stato più difficile entrare perché la casa era nuovamente abi-tata e ben sorvegliata ma voleva vederla a tutti i costi. Fu fortunato perché, come la volta prece-dente, lei era in giardino e si accorse subito della sua presenza, malgrado Saro, si fosse nascosto die-tro un albero. Ma lei, forse, era stata allertata dal rumore dei suoi passi o dal fruscio dei cespugli.

Perciò con voce ferma gli disse: «Vieni fuori, lo so chi sei; sei Saro il pescatore. Eri tu il ladro che si introdusse nella villa l'anno scorso!»

Lui avanzò timido.

«Ho riconosciuto i tuoi occhi l'altro giorno quando sono venuta a comprare il pesce con la mia governante», continuò la principessina.

Saro a sentire queste parole non seppe più resistere: «Principessa anche io da quando vidi i vostri occhi *cascai malatu*».

Queste parole, che venivano dal cuore, suggellarono il loro amore, notte dopo notte incontro dopo incontro.

Ida, così la principessa era chiamata in famiglia, sapeva che i suoi si sarebbero opposti, perciò con la complicità della sua governante organizzò una *fuitina*.

Una notte Ida raggiunse Saro che l'aspettava al cancello e per tre giorni non diedero più notizie. Lo scopo era chiaro: all'epoca una ragazza che scappava di casa con un giovane era ritenuta disonorata agli occhi di tutti e il giovanotto dunque era costretto a sposarla.

Ma le cose stavolta non andarono così. La mamma di Saro non perdonò alla testa di *lignu* di suo figlio una simile sciocchezza: la ragazza era nobile e lui invece un poveretto. Sperava forse di essere accolto a braccia aperte?

Il padre di lei, poi, era furibondo: meglio morta che moglie di un pescatore! Le sue nobili origini infangate da quelle di poveracci, mai! Furono tempi duri per i due giovani che vennero ripudiati da entrambe le famiglie.

I due innamorati affrontarono molte difficoltà. Dapprima furono accolti dalla figlia della governante della principessa ma poi, quando gli Scammacca vennero a saperlo, minacciarono la vecchia governante di cacciarla su due piedi, perciò la buona donna fu costretta a chiedere di andarsene. Quando arrivò l'estate qualche notte andarono a dormire sulla spiaggia sotto le stelle in riva al mare. E tuttavia quest'accanimento non li spaventava anzi li teneva ancora più uniti e radicava nei loro cuori più deciso il sentimento dell'amore.

Si sposarono con una piccola cerimonia nella chiesa di Nicolosi allontanandosi così dal borgo dove tutto gli era stato ostile. Trovarono dimora e aiuto per le nozze grazie alla marchesina De Luca, una ragazza di famiglia nobile che era stata compagna di scuola di Ida. La nobildonna mossa a pietà per la principessa diede rifugio ai due giovani nella sua villa di Nicolosi e offrì un lavoro come bracciante al ragazzo così che potesse in modo dignitoso provvedere alla sua famiglia. Ida ben presto si accorse di essere incinta e quando la notizia arrivò pure all'orecchio della madre della ragazza, la principessa iniziò nei riguardi del marito un lungo e lento lavoro psicologico che solo una moglie è capace di svolgere. Per cui, prima della nascita del loro primo figlio, i fuggitivi ricevettero il perdono e in dono per il nascituro questa casa.

****

Rimasi tutta la notte insonne. Alle cinque del mattino non resistetti più, risposi ai suoi messaggi e gli diedi un appuntamento per le undici in giardino.

Avevo ascoltato con grande attenzione la storia d'amore della principessa e il pescatore, adesso sapevo bene cosa fosse il vero amore.

Il cielo era coperto però la temperatura era tiepida. Lo trovai già lì, accarezzava l'arbusto della vite e non ebbe il coraggio di guardarmi negli occhi; attraverso le nuvole ci fu un timido bagliore, per un attimo un raggio di sole colpì la sua fede rimandando tutto intorno una luce, quasi una beffa, un segno, o forse era solo uno sfolgorio su una superficie che creava un gioco di luci. «Guido», gli dissi con tono deciso, «dobbiamo prendere delle decisioni importanti. Dobbiamo ammettere che il nostro matrimonio è finito e noi …»

«Siediti», mi interruppe senza lasciarmi il tempo di finire la frase e indicò una panca di pietra.

Non lo feci. «Siediti e ascoltami», insistette.

Lo vidi così determinato che non osai contraddirlo.

Si sedette accanto a me. Eravamo vicini fisicamente ma al contempo distanti eppure, anche se non lo avrei mai ammesso, continuavo a sperare, neanche io sapevo bene che cosa, ma la speranza non voleva morire.

Lui cominciò a parlare: «Marina, quando dici che il nostro matrimonio è finito, hai ragione, ma non per il mio tradimento. Era arrivato al capolinea già prima, anche se non ce lo dicevamo. Io avrei voluto dei figli, avrei voluto accanto la donna alla quale ho messo la fede sull'altare ma lei si è trasformata, è diventata un'altra."

Ebbi uno scatto di ribellione ma lui continuò imperterrito: «Sì, sei diventata un'altra. Hai smesso di desiderare un bambino, il lavoro ha preso per te il posto della famiglia. Abbiamo smesso di uscire insieme, di incontrarci la sera a cena con gli amici e quando succedeva, tu venivi direttamente dallo studio. Se ci pensi non facciamo una foto insieme da mesi, forse da Natale con tutta la famiglia attorno all'albero».

Non volevo ammetterlo ma riconoscevo che aveva ragione. A poco a poco, senza accorgermene, avevo iniziato a ritenere prioritarie altre cose. Tutto al di fuori che il nostro rapporto. Solo adesso lo incominciavo a capire.

Intanto Guido continuava: «Io non ho giustificazioni, ho sbagliato però ti amo ancora. L'ho capito in questi giorni di forzata clausura che ci ha costretto a restare vicini, io e te da soli. Ti ho fatto male. Lo so, e non posso pretendere che tu cancelli con un colpo di spugna il mio torto, che è gravissimo, come se nulla fosse. Ti chiedo però di non correre a conclusioni affrettate. Prendiamoci tempo, parliamo, adesso che gli eventi ce lo impongono, fermiamo la corsa frenetica che ci aveva travolti. Non dobbiamo per forza decidere ora ma possiamo offrirci una possibilità, ti chiedo solo questo».

Mi guardava con i suoi occhi sinceri, mio marito. Lui era stata da sempre una brava persona e stentavo ancora a credere che mi avesse fatto una cosa simile. Scossi la testa ma più che altro per il mio amor proprio ferito. Ero stanca, in quel momento avrei voluto, sa solo Dio quanto, solo che mi prendesse fra le braccia e che in quell'abbraccio il mio dolore potesse svanire.

«Si può cadere nella vita, in questo momento è caduto il mondo intero, ma possiamo rialzarci». Guido parlava e la sua voce era calda e sincera. Alzai la testa per guardarlo e dietro di lui vidi il fico: cominciava a germogliare.

La partita a poker

La vita potrebbe essere paragonata a una partita di poker, il cui destino spesso ne riesce a dettare i tempi. Ecco perché a volte cercare di battere chi bara si rivela inutile: il pareggio non è una possibilità auspicabile, la vittoria è incerta e l'unica cosa che resta da fare è quindi arrendersi con stile.

Si incontravano tutti i giorni nel bar della piazza, a metà strada fra i loro rispettivi lavori. L'orario fissato dal destino, che si dimostrava un esperto giocatore, coincideva sempre con le otto e quaranta.

Lei scendeva dalla metro alle otto e trenta, andava al bar per un cappuccino veloce e poi attraversava la piazza per raggiungere lo studio legale con cui collaborava. Era sempre ben vestita e curata, mai un capello fuori posto: non aveva tempo per le distrazioni, la carriera era il suo unico pensiero e dimostrare che si poteva vivere senza amore era la sua missione principale, a maggior ragione poi per com'era finita con quell'arrogante del giudice Tancredi, traditore e opportunista.

Lui, invece, era sempre in tuta e scarpe da tennis, con la barba incolta da cattivo ragazzo. Prendeva il caffè e poi girava l'angolo per aprire la sua officina. Era un meccanico ma somigliava a un famoso attore onnipresente nelle copertine delle riviste patinate, e così veniva spesso scambiato per lui quando camminava per strada.

Questo succedeva tutti i giorni, festivi esclusi. I due si osservavano spesso, ma nessuno di loro aveva mai accennato a un saluto.

Quella fanatica snob, pensava lui quando la vedeva entrare nel bar. *È carina ma troppo piena di sé, si atteggia come fosse chissà chi, come quella volta che per educazione le ho ceduto il passo davanti alla porta e lei, con quel telefono sempre incollato all'orecchio, non mi ha neanche detto "grazie".*

Lei, al contrario, si diceva: *Un uomo così attraente sarà per forza uno stronzo, e io con gli stronzi non voglio più avere niente a che fare.*

Un sabato mattina, però, il nostro giocatore d'azzardo alzò la posta sul tappeto verde.

Lei uscì dalla metro alle dieci, avviandosi al bar prima di rivedere gli atti di una causa importante e mettere in ordine le carte che la sera precedente, ormai troppo stanca, non era riuscita a sistemare. Con i capelli legati in una coda di cavallo, il viso struccato e addosso solo un paio di leggins e un felpone rosa della Nike, sembrava una liceale.

Lui entrò al bar tutto in ghingheri, sbarbato e pettinato nel suo vestito elegante. Era il giorno del matrimonio di sua sorella e lui aveva dimenticato le fedi in officina. Se lo avesse saputo suo padre lo avrebbe ucciso, ma in sua difesa erano lì già da giorni, ben custodite sul fondo di un cassetto. Voleva un caffè subito, anzi due: moriva di sonno perché la notte prima aveva fatto tardi con Eleonora, o forse era Elena, non ricordava più per cosa stesse il diminutivo.

Lei, invece, il suo caffè lo voleva da portare via: sarebbe stata una mattinata lunga, meglio averne uno a porta di mano sulla scrivania.

Incrociandosi al bancone si fissarono, si riconobbero, l'aspetto dell'uno lasciò l'altro sorpreso.

Per tutti quei mesi non si erano mai salutati e ora, d'un tratto, si ritrovavano faccia a faccia. Un po' imbarazzati, abbozzarono un sorriso. Una cosa era certa: nella loro nuova veste, si erano finalmente piaciuti.

Lui, incoraggiato dall'aspetto semplice di lei, avviandosi alla cassa decise di offrirle il caffè. Lei, non appena lo capì, lo raggiunse fuori dal bar e attirò la sua attenzione.

«Grazie», gli disse. «Sei stato molto gentile, anche se non conosci neanche il mio nome né io il tuo».

«Ti chiami Arianna», rispose lui, stupendola, «e io sono Luigi», aggiunse con un sorriso.

In quel momento a lei cominciò a battere il cuore sempre più forte, e ricambiò il sorriso mentre diventava tutta rossa.

Il nostro giocatore d'azzardo, il destino, ha vinto ancora una volta con l'inganno. Ed eccolo che si alza dal tavolo soddisfatto, lasciando che diventino lui e lei adesso i protagonisti della storia.

«Rilancio», mormora quindi Arianna.

E Luigi, subito: «Vedo».

Il pittore di anime

La mattina entrò nel solito bar, quello al centro della piazza che ormai era diventato il suo rifugio.

Portava vestiti vecchi e logori, ma puliti, perché all'igiene era rimasto molto legato: era l'unica cosa che riusciva ancora a restituirgli uno straccio di dignità. Una volta alla settimana andava in un convento dove le suore gli davano la possibilità di farsi una doccia e di lavare i panni. E anche se ormai era abituato a quella vita, c'era stato un tempo in cui aveva avuto una casa e perfino una famiglia. A raccontarlo non sembrava quasi vero, ma lui ne conservava un ricordo nitidissimo.

Il freddo quel giorno era pungente, così decise di cercare riparo almeno per pochi minuti raggiungendo il bancone. Se fosse stato fortunato, avrebbe pure racimolato un caffè e qualcosa da mettere nello stomaco, che al momento brontolava, anzi, urlava.

Al suo passaggio una signora si spostò e fece una smorfia, mentre intanto addentava il suo cornetto spruzzandone fuori la crema, con le mani ingioiellate e al collo una sciarpa di pelliccia nera.

Lui avanzò senza scomporsi e si fermò in un angolo, alzando l'indice come si fa a scuola per avere il permesso di parlare.

Egidio, che stava lavando un piattino, lo guardò con un mezzo sorriso e intuendo la sua richiesta inespressa mormorò: «Mi dispiace, Carmine, nessun caffè sospeso stamattina».

Carmine abbassò lo sguardo, si sfregò le mani fredde e con un filo di voce rispose: «Fa niente… Posso chiederti almeno un bicchiere d'acqua?»

Mentre annuiva, un misto di emozioni travolse d'un tratto Egidio: commozione, pietà, rammarico, dispiacere.

Carmine nel frattempo bevve, si girò su sé stesso e fece per uscire. Egidio continuava a condurre una guerra con sé stesso, come un soldato solo al fronte, e si ripeteva che non poteva permettere che Carmine andasse via senza che gli avessero dato una mano. Quella mattina sul quotidiano aveva letto un articolo che finiva così: "È grazie ai piccoli gesti che si compiono le azioni più grandi".

E anche se lui era sempre stato un ragazzone senza spina dorsale, quella mattina avrebbe trovato il coraggio di prendere l'iniziativa. D'altronde, quale migliore occasione per dare finalmente ascolto al suo cuore?

Stava per richiamare Carmine quando un cliente attirò la sua attenzione, e con voce decisa comandò: «Giovanotto, sono due i caffè che pago: uno per me e uno per il signore».

Egidio annuì e chinò il capo, rimettendosi al lavoro.

Quando però, a fine turno, si avviò verso il suo motorino notò che Carmine era a pochi passi da lì: aveva alzato una mano in segno di saluto e stava sfoderando il più affettuoso dei sorrisi nella sua direzione.

Egidio ricambiò e si preparò a montare in sella, anche se a quel punto un pensiero lo frenò. Si girò di nuovo verso Carmine e gli si avvicinò a grandi passi, senza sapersi spiegare il motivo di uno slancio tanto improvviso.

Quando fu davanti a lui lo guardò negli occhi, e Carmine piegò il viso di lato cercando di capire cosa aspettarsi dal ragazzo. Aveva le mani nascoste nelle tasche di un giubbotto fluorescente, strappato su una manica all'altezza del gomito, che forse un tempo era appartenuto a un ragazzino. Sorrideva ancora, e probabilmente fu questo a far arrossire Egidio e a spingerlo a balbettare: «Niente Carmine, non volevo disturbarti...» Rimase con una gamba sospesa, senza sapere se girare i tacchi o restare. Alla fine si trattenne e provò a dire, ancora confuso: «Mi chiedevo... Perché sei finito per strada? Sì, voglio dire... Com'è che sei diventato un barbone?»

Carmine, sorpreso, gli chiese allora di rimando: «Come mai lo vuoi sapere?»

«Non lo so», rispose Egidio con onestà, «ma sento che potrebbe essere importante».

Il mendicante indicò quindi una panchina dall'altra parte della strada e i due si avviarono per raggiungerla, sedendosi l'uno accanto all'altro.

«Non ho nessuna storia drammatica da raccontarti», iniziò Carmine, con voce tranquilla. «Non c'è qualcuno che muore tragicamente, o una donna che mi lascia facendomi uscire di senno. Vuoi davvero sapere perché sono per strada? Ebbene, la verità è questa: perché chi è causa del suo mal pianga sé stesso, come diceva Dante».

Egidio lo guardò stupito e Carmine, quasi gli avesse letto nel pensiero, gli domandò: «Cosa c'è, pensavi fossi un analfabeta?»

Il giovanotto scosse la testa, imbarazzato.

«Lo pensavi», insistette Carmine, «ma non fa niente. In realtà sono nato in una buona famiglia, che mi ha permesso di studiare e mi ha cresciuto in mezzo agli agi, viziandomi giorno e notte. Probabilmente è per questo che sono venuto su incapace di scegliere e di badare a me stesso. Per cui, quando ho perso i miei genitori, ho tirato avanti per un paio d'anni grazie ai soldi e i beni che mi avevano lasciato, finché non sono rimasto senza un soldo e senza nessuno che si prendesse cura di me, diventando l'uomo che vedi adesso. Ho pensato tante volte di farla finita, sai…»

«Ma che dici!», lo interruppe Egidio, spaventato.

Carmine sospirò. «Non è neanche per la fame freddo o per il freddo», proseguì, come se non fosse stato interrotto. «È la solitudine che non ti fa passare l'aria nei polmoni, dopo che per giorni non parli con nessuno e cominci a sentire la testa pesante, come se l'avessero infilata dentro un sacchetto di plastica. I pensieri ti sembrano tutti ovattati e l'unica cosa a cui riesci a pensare è che in fondo è colpa tua se stai così. Cioè, mia. Se fossi stato più risoluto, più responsabile… Chissà che vita avrei potuto avere. Ma non importa, davvero, ormai non ci penso quasi più. Ho trovato un'amica con cui parlare e mi sento già meglio, sai? Sono meno solo, sento che ci vogliamo bene...»

Egidio annuì, sollevato. Si era molto rivisto nella solitudine di Carmine e nella sua incapacità di affrontare la vita, e quantomeno era contento di saperlo meno disperato. Fece per alzarsi e salutarlo, per non costringerlo a rievocare altri ricordi dolorosi, quando l'altro lo trattenne dolcemente.

«Aspetta... Prima che te ne vada posso presentarti la mia amica?», gli domandò con gli occhi lucidi.

«Ma certo, Carmine! Ne sarei onorato».

Il mendicante tirò fuori da una tasca un sacchetto di plastica e gli mostrò una vecchia Barbie, con i capelli tagliuzzati e i segni di una penna sul viso. Qualcuno aveva provato a lavarli via senza successo, aggravando la situazione e lasciando qua e là degli aloni sul viso della bambola.

«Egidio, ti presento Rosa. Rosa, lui è Egidio, il giovanotto che lavora al bar e che assomiglia tanto a me quando ero giovane».

Il ragazzo sorrise intenerito, per poi cambiare espressione mentre notava che da un'altra tasca del giubbotto sporgevano diversi fogli da disegno. «E cosa sono quelli».

Oh, niente, solo disegni. Li faccio per passare il tempo. C'è una persona gentile che mi aiuta, che mi regala quello che mi serve per farli».

«È la signora che lavora in fondo alla strada», mormorò allora Egidio, «quella che vive con la madre anziana. L'ho vista portarti l'occorrente più di una volta... Vero?»

Carmine annuì, gli occhi ancora più accesi di prima.

«E cosa disegni?»

«Aspetta», lo ammonì Carmine guardandosi intorno con aria circospetta. «Controlliamo che nessuno ci veda, non si sa mai. Una volta mi hanno rubato un cartone che usavo come coperta, io ero ubriaco e me ne sono accorto solo l'indomani, quando ormai ero intirizzito».

Egidio provò un forte senso di vergogna, avvolto com'era nel suo cappotto caldo. Si sforzò di cambiare tono e di ridare leggerezza alla conversazione, chiedendo nuovamente a Carmine di poter vedere i suoi schizzi. L'altro si convinse a tirarne fuori uno e glielo mise sotto il naso.

«Ecco: questa è la moglie del notaio, quella tutta ingioiellata che quando mi vede fa sempre una faccia disgustata».

«Carmine, ma sei bravissimo!», esclamò Egidio, ammirato dalla riproduzione di quella riccastra con il viso famelico e il sangue che colava giù dai denti aguzzi, quasi fosse stata una belva. «Quanti dettagli... Sono senza parole».

«Copio solo quello che vedo», rispose il vecchio abbassando gli occhi, «e cioè l'anima delle persone».

Avendo superato il timore iniziale, aprì il sacchetto nero originariamente destinato alla spazzatura, e che ora era diventato la sua valigia personale, e ne estrasse i suoi tesori più preziosi: tutti i fogli in cui uno dopo l'altro avevano preso vita i suoi disegni. C'erano strade e piazze, raffigurate soprattutto di notte. Primi piani, scorci, angoli della città dimenticata. E perfino il mercato della domenica, riprodotto con tale precisione che sembrava di poter sentire il rumore della folla. Fra quelle decine di scene, Egidio riconobbe a un certo punto il signore che quel mattino aveva pagato a Carmine un caffè: gli abiti e la borsa da lavoro erano i suoi, ma anche lui addentava una carcassa mentre era inginocchiato al suo fianco.

Egidio obiettò: «Ma Carmine, quest'uomo è stato tanto gentile con te stamattina! Perché lo hai ritratto così?»

«Perché la sua anima è più scura di quanto tu possa immaginare», si giustificò Carmine. «Quando nessuno lo vede allunga delle banconote alle ragazzine e le fa salire in macchina con lui, mentre quando ha gli occhi degli altri puntati addosso finge di compiere delle buone azioni per dare un'immagine positiva di sé».

«E tu come lo sai?»

«Perché io passo molte ore al giorno qui in piazza», spiegò il barbone, «e vedo tante cose». Dopodiché, notando che Egidio si era rabbuiato, andò in cerca di uno dei suoi fogli e lo mostrò al giovanotto tutto orgoglioso: «Guarda qua, piuttosto! Vedi? Questo sei tu».

«Io?», fece l'altro, incredulo.

«Certo, non ti riconosci?»

Egidio prese il disegno fra le mani, e mentre lo fissava sbalordito si lasciò sfuggire una parolaccia a mezza bocca.

«Non ti piace?», si informò allora Carmine, preoccupato di averlo offeso con il suo ritratto. Ci teneva, a quel ragazzo. Era sempre stato buono con lui e non era sua intenzione contrariarlo.

«Al contrario», si sforzò di dire Egidio, «mi piace molto». Ma la sua espressione all'improvviso era mutata. «Me lo regali?», aggiunse poi. «Anzi, che dico, me lo vendi, per piacere? Voglio pagarlo».

Carmine agitò la mano e arrotolò il foglio, felice di poter essere per una volta lui a donare qualcosa agli altri, anziché riceverla. «È tuo», disse. «Consideralo un regalo di ringraziamento per la gentilezza che mi dimostri ogni giorno».

Egidio lo prese, rivolse un ultimo sorriso al vagabondo e se ne andò senza aggiungere una parola. Non era da lui congedarsi con tanta fretta, ma la vista di quel ritratto lo aveva profondamente turbato. Guidò come in trance fino a casa e, appena raggiunto il suo appartamento, srotolò il disegno sul tavolo da pranzo, mentre le luci della sera che filtravano dalla finestra lo rendevano ai suoi occhi ancora più spaventoso di prima.

Egidio non ebbe nemmeno la forza di ripiegarlo e farlo sparire di lì: si lavò le mani e andò dritto a letto, con lo stomaco chiuso e i pensieri annebbiati.

«Non posso essere questo, non è possibile che io appaia così alla gente…», prese a mormorare poco dopo, mentre guardava inebetito il soffitto. «In fondo Carmine è solo un barbone, cosa ne può sapere di me?» Scosse la testa e cambiò posizione, sperando di prendere sonno. Resistette un paio di minuti, poi si morse la lingua e borbottò: «Insomma, è impossibile che dipinga davvero le anime!» Ma mentre lo diceva era già tornato in piedi, scostando le coperte e raggiungendo a grandi passi la cucina per ridare un'occhiata al ritratto.

Era ancora lì, innocuo e al tempo stesso dotato di un'indescrivibile forza evocativa. Una parte di Egidio si sentiva proprio come la figura disegnata: un bambino sui dieci anni con l'aria spaventata e gli occhi lucidi, che indossava una divisa da banconista con le maniche troppo lunghe. Nel guardarlo meglio gli sembrò perfino che assomigliasse un po' a lui da piccolo – anzi, un momento: *era* lui, era proprio lui, con le orecchie un po' a sventola e le sopracciglia folte... Come aveva fatto Carmine a riprodurlo in quel modo, senza avere mai visto una sua foto dell'epoca?

Adesso sì che gli scoppiava la testa, a furia di pensarci. Voleva solo dormire e dimenticare tutto, lasciando stare il disegno e andando avanti con la sua vita. *Sì, ecco cosa devo fare,* si disse risoluto, *andare avanti e basta, come se non fosse successo niente.*

Tornò sotto le coperte e lasciò che la sua testa si svuotasse di ogni congettura, mettendo una croce sopra al dialogo di quel pomeriggio e sforzandosi di contare i caffè come se fossero state pecore. Uno, due, un altro macchiato, uno senza zucchero...E così per tutta la notte, finché alle cinque non suonò la sveglia.

Si stiracchiò, Egidio, e si congratulò con sé stesso per essere riuscito a riposare un po' nonostante tutto. Si infilò le pantofole, andò a lavarsi e infine passò dalla cucina, ignorando il foglio sul tavolo e mangiando uno yogurt alla vaniglia.

Uscì di casa puntuale e si avviò verso il bar con il solito motorino, pronto a iniziare il turno delle sei. Arrivato a destinazione, si tolse il casco per posarlo nel bauletto e si accorse che poco lontano c'era Carmine intento a urlare e a tirare a sé la sua bambola mentre un altro senzatetto più giovane tentava di strappargliela di mano.

Nel silenzio delle prime luci dell'alba i due stavano facendo un bel baccano, ma non c'era anima viva che potesse intervenire. Solo Egidio, inerme, che vide Carmine spuntarla per il rotto della cuffia e fare un capitombolo all'indietro, finendo sdraiato lungo il marciapiede.

Fu a quel punto che l'altro prese una bottiglia di birra dal ciglio della strada, la sbatté per terra e la sventolò rotta e tagliente com'era verso Carmine, digrignando i denti.

Egidio si guardò intorno tremante, cercando aiuto con gli occhi. La città era ancora deserta, Carmine mezzo intontito e quel barbone sempre più vicino al marciapiede.

«Adesso ti sistemo io», biascicò con un ghigno il giovane *clochard*, ma non fece in tempo a raggiungere la preda che Egidio, abbandonati i "se", i "ma" e tutte le sue riserve, gli era già addosso, a lottare per difendere il suo amico.

La fuga

Il posto dove mi trovo è pulito, tenuto bene. Mi danno anche da mangiare con regolarità, ma resta il fatto che sono loro prigioniero. Non ci sono finestre nella stanza, e la porta è sempre chiusa a chiave.

Non ho chissà quali ricordi, nella mia mente è tutto confuso, e quello che di tanto in tanto torna a galla non riesco neanche a trattenerlo con me. Se solo avessi carta e penna potrei buttare giù degli appunti, mettendo insieme gli indizi prima di dimenticarli di nuovo, e così magari riuscirei a capire perché mi trovo qui.

In ogni caso, ho provato a fare delle congetture e sono arrivato alla conclusione di essere stato rapito. Devo essere una persona ricca, che ora viene tenuta in ostaggio per denaro: avranno chiesto un riscatto in cambio della mia libertà, ma chi possa pagarlo e chi sia io, o chi potrebbero essere i miei aguzzini, proprio non lo so.

Spesso sono assente e poco lucido, perché mettono qualcosa nei miei pasti che mi lascia inerme per la maggior parte del tempo. Posso dirlo con certezza perché ho trovato delle pasticche in mezzo al cibo: erano ben camuffate, ma sono riuscito a scovarle dato che ormai spezzetto tutto quello che mi portano, riducendolo in briciole prima di ingerirlo. Dopo aver finito, per costringermi a restare sveglio, mi metto poi a contare ad alta voce, così da vincere la sonnolenza e a volte perfino la noia.

Vedo che sulla mano sinistra e sul braccio ho delle cicatrici: sono segni di bruciatura. Mi avranno torturato, magari per farmi confessare delle informazioni in più sul mio conto bancario. Guardandole mi accorgo per di più che non sono recenti. Devo essere qui da tanto tempo, così tanto che non saprei nemmeno quantificarlo.

È per questo che sto finalmente pianificando la fuga. Devo riconquistare la mia libertà ad ogni costo, non ho intenzione di passare qui il resto della mia vita mentre mi ammalo, perdo colpi e spreco tempo prezioso.

Se c'è un dettaglio che ho conservato nella memoria è questo: la mia sorveglianza è affidata a due donne, che di notte si danno il cambio e che secondo me sono l'anello debole di questa banda di malviventi. Con loro provo quindi a comportarmi bene, e da qualche tempo ho cercato di stabilire un contatto umano sperando di convincerle del fatto che sono una persona remissiva, pronta a fare quello che mi dicono.

In realtà sto solo giocando d'astuzia, tant'è che ieri ho parlato loro di un episodio del mio passato che mi è tornato in mente e che sembra averle profondamente impressionate. Volevo suscitare la loro pietà e ammirazione, e penso di esserci riuscito tirando fuori la storia di quella volta in cui sono scampato ad un incendio che ha distrutto parte della mia abitazione. Da vittima che poteva rimetterci la pelle, avevo avuto la prontezza di intervenire diventando parte attiva della situazione, e grazie al mio intervento si è risolto tutto solo con un mucchio di cenere e i segni neri che ha lasciato il fuoco sui i muri.

Adesso che mi hanno privato della libertà, mi chiedo se farò una fine diversa, più tragica di quella a cui sono scampato quella volta, chiuso fra quattro mura che mi ridurranno a un mucchio di macerie. Poi però mi rassicuro, dicendo a me stesso che mi terranno in vita per mettere le mani sui miei soldi.

Nel frattempo è già arrivata l'ora di pranzo, e la sorvegliante bionda con gli occhi verdi, quella che sembra notevolmente più vecchia dell'altra, viene a portarmi il vassoio da sola.

Strano, davvero strano. Che sia una trappola?

Apre la porta con gesti decisi, mantenendo l'attenzione su di me mentre lancia una rapida occhiata alla stanza. Poi, mi dice in tono stranamente affettuoso: «Come stai oggi, Matteo? Ieri sera non hai mangiato niente».

Io scrollo le spalle a testa bassa. Di ieri non ho nessun ricordo e mi mette a disagio che d'un tratto sia gentile nei miei riguardi, così inizio a strofinarmi il gomito con il palmo della mano.

Forse cercano di confondermi, di ingannarmi, facendomi credere di avere a cuore la mia salute. Non posso rischiare però di essere abbindolato proprio ora che sto provando a fregare io loro. Così mi concentro di nuovo sulle sue parole: mi ha chiamato Matteo, ed è un dettaglio da non trascurare. Devo tenerlo a mente per quando sarò arrivato lontano da qui e racconterò tutto alla polizia. Matteo, ecco chi sono. Matteo, e non ho intenzione di dimenticarlo.

Alzo lo sguardo e fisso la donna, sforzandomi di sorriderle mentre lei sta per richiudere la porta. Non posso fare passi falsi, perciò mi alzo in fretta e le sferro un pugno in pieno viso, facendola barcollare e cadere a terra. Perde i sensi, e dopo pochi secondi perde pure sangue dal naso.

Non l'avrò mica uccisa? Mi sorprendo a non sentirmi sconvolto nel caso in cui dovesse capitarle il peggio. Al contrario, scopro di provare un certo compiacimento, che mi fa sentire invincibile e mi dà la forza per portare avanti il piano.

La lascio distesa sul pavimento e supero la porta finché mi è possibile, mettendomi a correre a perdifiato. Svolto a destra una prima e una seconda volta, poi a sinistra. Mi rendo conto di essere in una sorta di labirinto, da cui non so bene come uscire e che alterna senza interruzioni corridoi vuoti e porte sbarrate. Provo ad aprirne una, potrebbe essere la ventesima che incontro, e scopro che è chiusa a chiave. Nel frattempo in lontananza mi arriva l'eco di una voce allarmata. Avranno notato che sono scappato e mi staranno venendo dietro, possibilmente armati.

Provo allora a dare una spallata alla porta, ma niente. Insisto senza risultati e inizio a sudare freddo, quando all'ennesima spinta, più violenta delle precedenti, la porta cede e mi permette di nascondermi, chiudendomela alle spalle appena in tempo.

Dai suoni che sento, qualcuno ha svoltato l'angolo e si avvicina sempre di più alla mia posizione. Trattengo il fiato, cercando di mantenere la calma e la lucidità finché i passi non si allontanano e io posso tirare un respiro di sollievo. L'ho scampata per un pelo, ma non è finita qui.

Mi guardo meglio intorno e realizzo che la stanza è avvolta nella penombra. Ci metto un po' ad abituarmi al cambiamento di luce e intanto cerco a tentoni l'interruttore sulle pareti, almeno finché un sospiro alle mie spalle non mi fa trasalire.

Deglutisco e sento un brivido corrermi lungo la schiena.

Passano frazioni di secondo che sembrano eterne, dopodiché una voce nasale mi soffia sul collo: «Non accendere, voglio restare al buio…»

Tanto basta a farmi tremare le viscere e sudare le mani. Non muovo un muscolo, nonostante abbia i nervi tesissimi, ma la mia testa prende a girare quando lo sconosciuto mi domanda chi sono, cosa ci faccio lì, dove credo di andare, se ho intenzione di alzargli le mani… Troppe parole tutte insieme, che unite all'angoscia della fuga e alla sensazione di essere preda di un pericolo sconosciuto, mi impediscono di reprimere un conato di vomito.

Non lo so più neanche io perché sia lì, dove andrò, di chi posso fidarmi. Vorrei solo ripulirmi dal marcio della mia stessa nausea e riprendere la fuga, anche se i miei occhi stanno iniziando solo ora ad adattarsi alla penombra permettendomi a stento di intuire le dimensioni della stanza in cui sono finito.

Localizzo con la coda dell'occhio la sagoma dell'uomo alle mie spalle e do il via a una strana lotta silenziosa, in cui io lo strattono afferrandolo per il lembo della maglietta che ha addosso e paro al tempo stesso i suoi colpi, riuscendo poco dopo a dargli un pugno nello stomaco.

Lui si accascia e io sento un feroce morso al polpaccio, così lancio indietro la gamba mentre trattengo un urlo, e anche se vengo bloccato dalle sue mani realizzo che nella condizione in cui si trova non riuscirebbe a ferirmi.

Così, provo a girarmi e a piegarmi su di lui, stringendogli le mani intorno al collo e scoprendo che è gracile come quello di un bambino e rugoso come quello di un vecchio. Serro le dita furioso e spaventato, finché non sento più nessuna resistenza da parte sua e finalmente faccio un passo indietro, soddisfatto e rianimato.

Se sono stato in grado di mettere fuori gioco

lui, avrò di sicuro l'occasione di uscire da qui e di salvarmi, tornando alla mia vita di sempre e riappropriandomi una buona volta della mia identità.

Mentre lo penso, però, vedo la porta riaprirsi e mi nascondo d'istinto sotto quello che su due piedi mi sembra un letto.

La luce si accende un attimo dopo, fredda e inclemente più di sempre. Non posso evitare che mi lasci vulnerabile ed esposto alle quattro paia di gambe che mi si parano davanti, anche se spero comunque di non essere notato e mi accorgo con stupore che tutti e quattro i miei aguzzini indossano una tunica bianca, lunga fin sotto il ginocchio.

È in quel momento che uno di loro si abbassa e mi guarda circospetto. Sembra riconoscermi, stende un braccio verso di me e mormora: «Vieni, Matteo, non avere paura».

Rabbrividisco mentre un altro si accovaccia accanto a lui, nascondendo malamente una siringa dietro la schiena. Lo vedo avanzare gattonando verso di me e mi lancio fuori dal lato opposto del letto, augurandomi di prenderli in contropiede e di lasciare la stanza in tempo.

Il quarto di loro, tuttavia, quello più vicino alla porta, mi afferra per le spalle e me lo impedisce.

«Ti rendi conto di quello che hai fatto?», mi ringhia contro, rivolgendo un rapido cenno d'intesa agli altri tre.

Insieme mi si scagliano addosso prima che io possa allontanarmi dalla loro presa.

Provo a divincolarmi, ma sono più massicci di me e mi tengono stretto al punto da non farmi quasi respirare.

Urlo e li mordo, graffio e scalpito, senza però nessun risultato.

«Attenti, è pericoloso!», dice intanto il tizio con la siringa a un gruppetto di altri complici che ha appena varcato la soglia. Quattro, cinque, sei… Perdo il conto, disperato. «Ha dato fuoco a casa sua e questa è la terza volta che aggredisce un'infermiera da quando è qui», aggiunge uno di loro.

Poi non riesco a capire altro, eccetto una voce indistinta che mi ordina di sedermi. Non faccio in tempo a ribattere che vengo spinto con la forza sopra il materasso, mentre la mia mente inizia a scivolare ancora una volta nell'oblio…

Pupu di lignu

C'era un paese in cui viveva una donna rimasta vedova quando era ancora molto giovane, con una bambina di quattro anni da sfamare. Nonostante la sua condizione sfortunata, la poveretta riuscì a trovare un uomo disposto a prenderla in moglie: non era più un ragazzo, ma non era nemmeno troppo anziano. Era insomma quello che potremmo definire un uomo di mezza età.

Con lui le stagioni passarono serene e veloci, una dopo l'altra, finché la bambina non compì sedici anni e dovette affrontare nel fiore della sua adolescenza la scomparsa prematura di sua madre. La pianse amaramente, così come l'uomo che aveva vissuto insieme a loro sotto lo stesso tetto tanto a lungo. Quest'ultimo, anzi, si rivelò così in pena per la morte della sua sposa che quasi uscì di senno, e in preda alla disperazione prese la fede dalle dita della defunta e gridò, lanciandola in aria: «Giuro davanti a Dio che solo chi potrà indossare il suo anello nuziale sarà mia sposa e riuscirà a prendere il suo posto nel mio cuore!»

La sua figliastra non mancò di consolarlo nei giorni a venire, asciugandogli le lacrime e prendendosi cura di lui notte e giorno. I mesi passarono così, come portati via dal vento freddo, e nella loro casa ormai vuota tornò finalmente la bella stagione.

La giovane pensò allora di dedicarsi alle pulizie di primavera e rassettò casa da cima a fondo. Quando si arrampicò su una scala per spolverare un armadio, notò che la fede di sua madre, scagliata via dal suo patrigno, era finita proprio lì. Tanta fu la sua commozione, che senza pensare alle conseguenze si ritrovò a indossarla, nel disperato tentativo di sentirsi più vicina a colei che aveva perso per sempre. Passati i primi momenti di emozione, però, la fanciulla si rese conto di non riuscire a sfilarsi più l'anello: provò con acqua e sapone, tirò e tirò, ma non accadde nulla. Il cerchio d'oro sembrava non volersi più separare dalle sue dita, qualunque soluzione lei provasse ad adottare.

Ricordandosi del giuramento fatto dal suo patrigno sul letto di morte della madre, decise allora di fasciarsi la mano per un paio di giorni, sperando di non destare la sua attenzione.

Eppure, di lì a poco, si sentì domandare con stupore: «E quindi? *Cchi ti facisti?*»

«*Nenti*, papà, *mi tagghiai*», provò a schermirsi lei, distogliendo lo sguardo.

L'uomo non si arrese, e afferrò con decisione la mano della ragazza sfilandole via la benda. Con grande stupore si rese conto che ella portava al dito la splendida fede della buonanima di sua moglie ed esclamò: «Questo è un segno del destino che ti vuole mia sposa, e presto lo sarai!»

A nulla valsero allora i pianti, le preghiere e i tentativi di dissuaderlo da parte della giovinetta. Testardo come un mulo, il suo patrigno non desisteva, preparandosi a organizzare un matrimonio in pompa magna per ricompensare la sorte di avergli fatto trovare qualcuno con cui superare il suo dolore.

La fanciulla, sempre più in preda al panico, passava le notti insonni e di giorno quasi non mangiava più. Era terrorizzata all'idea del futuro che l'aspettava e cercava in ogni modo di trovare una soluzione, una scusa, una via di fuga. Una mattina, all'alba, mentre i raggi del sole la svegliavano, le sembrò di sentire una voce sussurrarle: «Se vuoi evitare le nozze, chiedi che per la festa ti si porti in dono un vestito con *quanti stiggi ci su do cielu*. Nessuno potrebbe riuscire ad accontentarti, e tu potrai allora sottrarti alla pretesa del tuo patrigno di averti in moglie».

La ragazza, meravigliata ma speranzosa, espose dunque la richiesta: «Acconsentirò a diventare vostra moglie se per presentarmi alla festa mi porterete un vestito che sappia brillare come le stelle del firmamento».

L'uomo, sbigottito, promise che sarebbe riuscito a procurarglielo, anche se fin da subito si trovò in gravi difficoltà. Non c'era sarta, per quanto brava, che riuscisse a realizzarlo, e non c'era stoffa così luminosa da potersi equiparare alla volta celeste. Disperato e incapace di trovare altre soluzioni, il patrigno chiese aiuto niente meno che al Signore degli Inferi, supplicandolo di tirarlo fuori da quell'impiccio e promettendogli in cambio la propria anima. Di fronte a una richiesta del genere, il Diavolo accettò ingolosito, e gli fece recapitare subito l'abito tanto agognato.

L'uomo lo consegnò alla sua promessa sposa contenendo a stento l'entusiasmo, e domandandole se a quel punto le loro nozze potevano dirsi concordate.

La giovane trattenne a stento la sorpresa e il terrore per l'impresa che era stata compiuta, ma non si perse d'animo e consigliata dalla voce replicò: «L'abito può andare, ma mi servirà un cambio da indossare a metà banchetto. E voglio che stavolta mi portiate un vestito che rappresenti nel suo tessuto *quanti pisci ci su 'ndo mari*».

Il suo patrigno si indirizzò a colpo sicuro a colui che già in precedenza gli era venuto in soccorso, e prima che la fanciulla potesse aprire bocca si presentò al suo cospetto con un vestito adeguato alle sue aspettative.

Consigliata sempre dalla stessa voce misteriosa, lei rispose allora che non aveva altre richieste, se non quella di poter fare una grande festa la sera prima delle nozze, che prevedesse un banchetto e la presenza di decine di invitati.

All'uomo parve di leggere nelle sue parole un atteggiamento più rassegnato e accomodante, e accettò il patto senza grosse preoccupazioni.

La ragazza, intanto, si lasciò aiutare dalla sua voce guida e comprò una vasca con quattro papere da mettere in cucina alla fine dei festeggiamenti, mentre al falegname commissionò un burattino di legno alto quanto lei, che avesse due fori alle narici e due buchi più grandi all'altezza degli occhi. Cosa ancora più importante, il burattino doveva avere un meccanismo di apertura e chiusura che permettesse a una persona in carne e ossa di nascondersi al suo interno.

Il suo promesso sposo, intanto, si diede da fare con i preparativi del matrimonio e della festa, finché la tanto attesa sera d'estate non arrivò. Giunsero decine e decine di invitati, proprio come previsto, e ciascuno di loro mangiò in gran quantità e bevve senza trattenersi, cadendo prima di mezzanotte in uno stato di torpore profondo dovuto all'alcol e alla sazietà. La giovane ne approfittò per mettere le papere starnazzanti in cucina, afferrare la valigia con i suoi vestiti che aveva nascosto sotto il letto e infilarsi dentro al burattino. Nascosta bene nel suo corpo di legno, se la diede a gambe e lasciò la sua casa natale prima di essere notata da occhi indiscreti.

Il suo patrigno, nel frattempo, indugiava tra il sonno e la veglia, convinto che in cucina le donne stessero ancora rassettando. Dopo avere aperto e chiuso più volte le palpebre, si decise comunque ad alzarsi e raggiunse il retro della dimora, chiedendo alla sua fidanzata mentre apriva la porta: «Ancora stai rassettando?»

Neanche il tempo di notare il diversivo di fronte a sé, che vide palesarsi al suo fianco il Maligno.

«Sciocco», lo rimproverò quest'ultimo, «ti sei lasciato ingannare! Ormai è tardi per rimediare: il tuo cuore senza dubbio non reggerà il colpo, quindi è ora che la tua anima venga via con me».

Pupu di lignu non avrebbe certo potuto immaginare la fine toccata al suo patrigno, e corse e corse di città in città senza fermarsi mai. Si guadagnava un pezzo di pane al mattino e dormiva nelle stalle la notte, offrendo il suo aiuto per accudire pecore e maiali in fattorie sempre diverse. Non appena il sole rifaceva capolino da sotto l'orizzonte, riprendeva il suo viaggio libera e senza meta, lasciando che la gente la schernisse spesso per il suo aspetto e per il buffo modo in cui si muoveva.

Dopotutto, non aveva motivo di prestare orecchio alle loro parole, perché quando tutti si coricavano le restava pur sempre la possibilità di liberarsi dalla sua gabbia di legno, indossare i suoi abiti migliori e passeggiare sotto le stelle, canticchiando qualche melodia mentre si pettinava i lunghi capelli.

Una mattina, però, la situazione andò diversamente dal solito. Aveva appena messo piede in un nuovo centro abitato che un gruppetto di ragazzini la prese di mira.

«*Taliati 'stu pupu di lignu, taliati 'stu scherzu della natura*», urlarono i piccoli delinquenti, con un sorriso di scherno stampato in viso.

In men che non si dica, *Pupu di lignu* non poté più fare orecchie da mercante e si ritrovò accerchiata: i ragazzini si erano posizionati intorno a lei con una pietra in mano e uno sguardo minaccioso, pronti a colpirla da un momento all'altro. Fortuna volle che in quello stesso momento passassero le guardie del re a cavallo, le quali di fronte alla scena si affrettarono a rimproverare il gruppo di discoli e a costringerlo alla fuga, mentre in terra si sollevava un gran polverone.

Scampato il pericolo, il capo delle guardie scese da cavallo ed esaminò il pupo di legno, che ancora tremante per la paura stava ringraziando con grandi cerimonie.

«Bravo», esordì allora, con solennità, «si vede che sei un pupo educato. Ma per sdebitarti del favore dovrai seguirci al castello e incontrare il nostro principe: è molto malato, non mangia quasi più e se ne sta chiuso nelle sue stanze fissando la finestra, senza più ridere né provare interesse per la vita. Medici illustri hanno provato a guarirlo, nonché giullari di corte, menestrelli e cantastorie, ma da quando è morta la sua promessa sposa lui piange e si dispera inesorabilmente, e il re e la regina temono per la sua vita. Se riuscirai a risolvere tu la situazione, in cambio verrai ricoperto di monete d'oro e riceverai ospitalità a vita al palazzo reale. Ma, se invece così non fosse, per punizione ti taglieremo la testa».

Pupu di lignu, non potendosi sottrarre a quelle condizioni così perentorie, inghiottì la saliva e mormorò: «Ai vostri ordini».

Il capo delle guardie rivolse un cenno al suo soldato più alto, che sollevò di peso *Pupu di lignu* e lo caricò sul suo cavallo, dirigendosi al galoppo verso la reggia.

Superarono il ponte levatoio che era già l'ora del tramonto. Il capo delle guardie scortò allora *Pupu di lignu* nella sua camera e la lasciò a godersi gli sfarzi del castello, premurandosi poi di avvisare il re e la regina della sua idea e organizzando l'incontro fra il pupo e il principe per l'indomani mattina.

Pupu di lignu, per la preoccupazione, non chiuse occhio tutta la notte. Non c'era più nessuna voce a suggerirle il da farsi, né una maniera di suscitare il sorriso del principe con barzellette o storie allegre di sua conoscenza. Rassegnata, aspettò di essere chiamato al cospetto della famiglia reale e lasciò che tutti la vedessero impacciata e impaurita per la minaccia di morte che pendeva sulla sua testa, senza sforzarsi di dissimulare alcunché.

Il principe la osservava intanto con aria perplessa, e attese che *Pupu di lignu* fosse a pochi passi da lui per chiederle incuriosito: «E tu cosa saresti?»

«Maestà, *nu nnu viriti?*», rispose pronta *Pupu di lignu*, senza badare all'interesse generale che le veniva rivolto. «*Sugnu un pupu di lignu, ma di lignu bonu, ah? Mica di chiddu scarsu*».

Spiazzato dalla sua franchezza e dal suo tono colloquiale, il principe sgranò gli occhi e si sbellicò dalle risate, non riuscendo più a trattenersi.

Fu così che *Pupo di lignu* diventò un amico inseparabile del principe, che con lei riprese ad andare a cavallo, a interessarsi alle battute di caccia e a passeggiare nel bosco. I due condividevano ogni momento della giornata, parlando e divertendosi con la stessa spontaneità del primo giorno. Questo, per lo meno, finché il principe non prese a sentirsi turbato dagli occhi del suo amico di legno, che vivi e profondi com'erano gli rubavano il sonno della notte e gli provocavano turbamenti sempre più abituali.

Per paura di quanto avrebbe potuto accadergli, il giovane cominciò pertanto a passare meno ore con il pupo, rendendosi più schivo e meno disponibile, pur sentendo la sua mancanza quando i due non erano in compagnia l'uno dell'altro. La situazione non era delle più rosee neppure per la fanciulla nascosta nella sua gabbia di legno, che aveva iniziato a provare del tenero per il principe e che non tollerava l'idea di dovergli restare all'improvviso così distante.

Non avendo più l'occasione di manifestargli il suo affetto, la giovane una notte si alzò dal suo capezzale e sgattaiolò nelle cucine reali, dove si adoperò per preparare dei biscotti di zucchero e miele per il suo amato. Li avvolse in un panno e in punta di piedi li portò nella camera del principe, lasciandoglielo poi con discrezione sotto il cuscino.

Il mattino seguente, quando il principe li trovò, non esitò un attimo ad assaggiarli: scoprì che erano i più prelibati che avesse mai assaggiato, e convocò immediatamente tutti i suoi sottoposti per capire chi glieli avesse portati. Nessuno degli interrogati sembrava però l'artefice dei gustosi manicaretti, il che spinse il principe a promettere una montagna d'oro a chi avesse dimostrato di potergliene cucinare degli altri – promessa che, nel caso di una cuoca donna, le avrebbe consentito di diventare sua moglie all'istante.

La giornata trascorse fra numerosi tentativi di frodare il principe, anche se all'atto pratico nessuno riusciva davvero nell'impresa: per quanto buoni fossero i loro biscotti, sembrava puntualmente mancare l'ingrediente principale, ovvero l'amore.

Quanto a *Pupu di lignu*, trascorse il tempo in silenzio nelle sue stanze, con il timore che una terza persona là fuori riuscisse a prendersi un falso merito e allontanasse definitivamente da lei il cuore del principe.

Dopo giorni di attesa estenuante, la giovane, nascosta sempre nella sua gabbia di legno, riprese cautamente a preparare i biscotti, li mise sotto il cuscino del principe e ancora una volta lo baciò in fronte prima di andare via. Lui, che fingeva di dormire con gli occhi chiusi, pensò si trattasse di un traditore intenzionato a raggirarlo e a farlo innamorare: una rabbia improvvisa gli montò nel petto, e lo spinse a pianificare di uccidere il responsabile non appena si fosse ripresentato al suo cospetto.

La notte seguente, ignara di tutto, *Pupu di lignu* non mancò al suo appuntamento, e allungò la mano come sempre per lasciare i biscotti appena sfornati sotto il cuscino del principe. In quello stesso momento, però, questi spalancò gli occhi e apprese con un brivido la triste verità.

Voleva cogliere in flagrante il responsabile, ma non avrebbe mai creduto di trovarsi di fronte al suo amico inseparabile. Mentre sguainava la spada per puntarla alla gola del pupo, gli gridò: «Brutto disonesto! Come hai potuto prenderti gioco di me, che ti ho accolto al castello e trattato con i migliori onori? Chi ti ha mandato qui? Che cosa vuoi da me? Sei forse una spia?»

«Maestà...», disse il pupo con un filo di voce, venendo fuori dal suo nascondiglio. Rivelò con dolcezza il suo corpo di fanciulla e gli accarezzò il viso.

Il principe rimase di sasso, impressionato ma felice, e riconobbe nello sguardo carico di tenerezza della giovinetta gli occhi che avevano suscitato i suoi bollori.

«Sei proprio tu...», balbettò, mentre lei gli porgeva uno dei suoi dolcetti. Poi sorrise: «E adesso che ce ne facciamo di questi biscotti?»

Al che la ragazza rispose: «*A pupa di zùccuru e meli na mangiàmu maritu 'e mugghièri!*»

Ringraziamenti

I progetti si realizzano grazie all'impegno di tante persone che danno il proprio contributo. A tal proposito mi ritengo molto fortunata, visto che ho tante persone da ringraziare.

Il primo che voglio ringraziare è il mio editore, Andrea Raguzzino di Jack Edizioni, che ha deciso di accogliermi in casa editrice scommettendo al buio su di me e offrendomi così la possibilità di provarci e la speranza di riuscirci. Grazie per avermi indicato con pazienza la via da percorrere.

Ringrazio Dario Raguzzino per aver curato la grafica della copertina.

Un grazie va alle case editrici con le quali avevo già pubblicato: mi hanno permesso di apportare delle modifiche ad alcuni racconti già editi e di ripubblicarli in una antologia solo mia.

Un grazie doveroso e profondamente sentito va

ai miei mentori: Gabriella Rossitto, Eva Luna Mascolino e Alessandro Russo, che mi hanno insegnato tanto del mondo della scrittura facendo in modo che, come tutti i bravi artigiani, anch'io avessi una mia cassetta degli attrezzi.

Sento di dover ringraziare chi ha creduto in me come autrice ancora prima che lo facessi io: Maria Elisa Aloisi, scrittrice talentuosa e generosa, sempre disponibile a condividere il suo sapere con me.

Vorrei ringraziare la mia mamma, Santa Brunella Augusti, che mette ordine nei miei file, senza mai lamentarsi – quasi mai. Con la speranza che prima o poi io diventi tecnologica, spesso trascrive al computer pagine e pagine scritte da me in una grafia molte volte incomprensibile.

Un grazie smisurato va a Francesca Tornabene che, oltre ad avermi fatto il dono prezioso del disegno in copertina ed essere la mia indispensabile lettrice beta, è un'amica insostituibile.

Grazie alla mia famiglia e ai miei amici di sempre, che mi supportano con tanta pazienza, e grazie al compagno della mia vita per essere una persona che resta.

Infine grazie con tutto il cuore ai lettori, ragione unica per cui si è spinti a scrivere.

Indice

Printed in Great Britain
by Amazon